U0066667

華語文化教材系列

閱讀臺灣學華語

TAIWAN

蔡喬育 主編

蔡喬育、戴宣毓
游東道、張端容、林晏宇 合著
朱曉薇、藍夏萍

序

華語教學這門學科在全球華語熱的潮流下，儼然樹立了其專業性。在這國際間既合作又競爭的時代下，臺灣的華語教材必須兼顧創新與全球在地化的特色，以吸引海內外華語教師、學生使用，於是在2015年的春夏，帶領著一群修習一門當時我開授的「華人社會與文化研究」課程之熱血有為的碩士班學生，一起投入華語文化教材編撰工作，初步完成了本書的草稿。

後來有一段時間，忙於研究、教學和行政服務，而這忙碌的時間一點一滴地占據了我的身心靈，使得原本烙印在腦中那清晰可見的草稿，裡頭字字句句逐漸在心中褪色，沉寂好一陣子。直到2019年的夏天，因為「華語師資培訓課程」而熟識了勤益科技大學語言中心的幾位老師。志趣相投促使了我們燃起一股必須完成一本具有臺灣文化特色的教科書之理想，於是我手指一動，滑鼠一滑，指頭一按，把不知存在幾層資料夾內的草稿開啟，展開了無數次編修、校閱的工作，終於將本書的草稿打扮成能見世面的初稿。

2020年初，拜網路科技所賜，與專門出版語言學習書籍的瑞蘭國際出版社結緣，開始了多次專業的討論、編修、校閱，最後還有臺中教育大學語文教育學系施枝芳老師專業配音的加持，使得原本素顏又不語的初稿，彷彿經過巧手化妝一般，蛻變成叢書界的名模、歌手，而它的名字就叫做《閱讀臺灣，學華語》。

《閱讀臺灣，學華語》共有十課，每一課都有課文、生詞、句型語法、聽說讀寫的綜合練習和MP3音檔，內容也和臺灣社會文化息息相關，是一本物超所值，讓華語師生用得嚄嚄的專業教材。

華語文化知識涉及層面廣，從設計編寫、修正校對到出版，或許有未盡完整之瑕疵。翹首以待各界先進不吝指教，以利再版時修訂闕漏。

敬祝從事華語文化教學的先進　　吉祥如意

主編
蔡喬育
謹識

如何使用本書

《閱讀臺灣，學華語》全書共十課，是一本結合臺灣文化與華語學習的教材，希望透過介紹臺灣文化，加強學習者對華語這個語言、文字，以及臺灣這塊土地的連結。

STEP 1「**掃描音檔**QR Code」

在開始使用這本教材之前，別忘了先找到書封右下角的QR Code，拿出手機掃描，就能立即下載書中所有音檔喔！（請自行使用智慧型手機，下載喜歡的QR Code掃描器，更能有效偵測書中QR Code！）

STEP 2「**課文**」

透過閱讀結構完整的課文，學習者將能熟悉華語常用的思緒表達步驟及技巧，有助於培養自身的華語寫作能力。課文中適時提供的正簡字對照、詞彙及句型編號，更方便閱讀、查找。

課文

臺灣位於亞洲東部，是西太平洋上的一座島嶼❶，形狀就如同香蕉葉一般，漂浮❷在花彩列島的中樞❸，北有琉球群島，南有菲律賓❹群島，西隔臺灣海峽❺與中國大陸相望。

臺灣的五、六月是典型❻的梅雨❼季節，到了夏天，天氣不但炎熱，而且常有颱風，而到了冬天，雖然不太冷，但只要寒流❽一來，天氣就會變得冷颼颼❾。因為是亞熱帶的氣候，有充足的陽光和豐沛❿的雨量⓫，所以臺灣盛產⓬了多種水果，如芒果、甘蔗、香蕉等。臺灣曾經⓭因香蕉大量外銷⓮，而有「香蕉王國」的美名。

臺灣的交通四通八達⓯，南來北往有飛機、高鐵、火車和客運可搭，各地區也都設有⓰公車站牌和隨招隨到⓱的計程車，而在臺北、臺中、高雄這類的大城市則有捷運，所以想在臺灣環島旅行並不是一件難事。除此之外，像澎湖、金門、馬祖、小琉球、綠島和蘭嶼等離島⓲，也都是值得⓳旅遊的好地方。

Lesson 1 太平洋上的香蕉葉
9

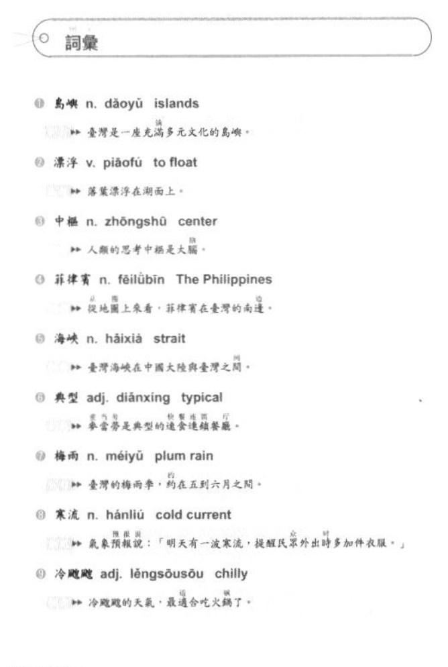

詞彙

1. 島嶼 n. dǎoyǔ islands
   ▸▸ 臺灣是一座充滿多元文化的島嶼。
2. 漂浮 v. piāofú to float
   ▸▸ 落葉漂浮在湖面上。
3. 中樞 n. zhōngshū center
   ▸▸ 人類的思考中樞是大腦。
4. 菲律賓 n. fēilǜbīn The Philippines
   ▸▸ 從地圖上來看，菲律賓在臺灣的南邊。
5. 海峽 n. hǎixiá strait
   ▸▸ 臺灣海峽在中國大陸與臺灣之間。
6. 典型 adj. diǎnxíng typical
   ▸▸ 麥當勞是典型的速食連鎖餐廳。
7. 梅雨 n. méiyǔ plum rain
   ▸▸ 臺灣的梅雨季，約在五到六月之間。
8. 寒流 n. hánliú cold current
   ▸▸ 氣象預報說：「明天有一波寒流，提醒民眾外出時多加件衣服。」
9. 冷颼颼 adj. lěngsōusōu chilly
   ▸▸ 冷颼颼的天氣，最適合吃火鍋了。

閱讀臺灣．學華語
10

STEP 3「詞彙」

從課文中挑出重點詞彙，標注國際通用的漢語拼音、英文解釋，並提供例句。本區塊的詞彙編號皆標注於課文中，不僅利於查詢，也可以單獨作為詞彙複習表使用。

句型語法

1. N1 + 就如同 + N2 + 一般 + V. phr.。
   English: ~ be same as ~
   例句：星星就如同鑽石一般閃閃發亮。
   造句：________________。
2. 只要（一）+ V. + O.，S. + 就 + V. phr.。
   English: As long as ~
   例句：只要一碰到考試，他就會變得很緊張，吃不下飯。
   造句：________________。
3. S1 + 因 + S2 + V.，而 + V. phr.。
   English: The pattern is similar to "~for~" or "~result in~" in English. It is used to express cause and effect.
   例句：台南因古蹟林立，而有古都之稱。
   造句：________________。
4. Clause，而 + S. + 則 + V. + O.。
   English: This structure is used to indicate further explanations or contrast.
   例句：臺灣各地都有公車和計程車，而在大都市則有捷運可搭。
   造句：________________。

閱讀臺灣．學華語
12

STEP 4「句型語法」

將課文中出現的重要句型挑出來，仔細分析其詞性擺放位置及句子結構，並附有「造句」欄，讓學習者能試著自己活用。

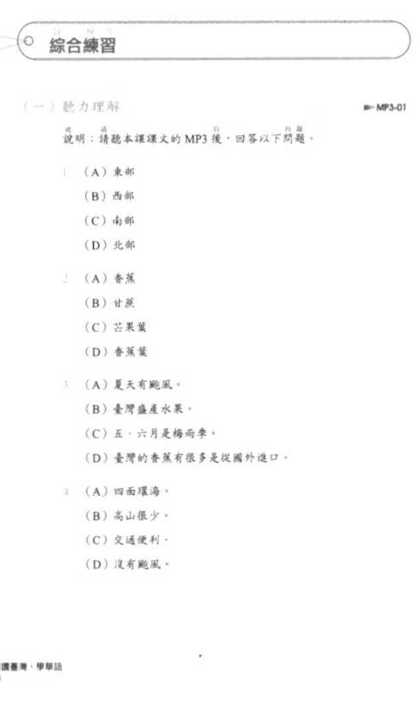

綜合練習

（一）聽力理解 MP3-01

說明：請聽本課課文的MP3後，回答以下問題。

1. （A）東部 （B）西部 （C）南部 （D）北部
2. （A）香蕉 （B）甘蔗 （C）芒果葉 （D）香蕉葉
3. （A）夏天有颱風。 （B）臺灣盛產水果。 （C）五、六月是梅雨季。 （D）臺灣的香蕉有很多是從國外進口。
4. （A）四面環海。 （B）高山很少。 （C）交通便利。 （D）沒有颱風。

閱讀臺灣．學華語
14

STEP 5「綜合練習」

每課最後的綜合練習，題型多元且全面，不僅訓練學習者的聽力問答、會話填空、閱讀理解等能力，更有寫作練習，讓學習者在經過一堂課的介紹之後，除了對該課主題有深入了解，更能針對該主題將臺灣與自己的國家做比較，練習寫出一篇簡短的文章。

目次

Lesson 1

太平洋上的香蕉葉

課文

臺灣位於亞洲東部，是西太平洋上的一座島嶼❶，形狀就如同$_1$香蕉葉一般$_1$，漂浮❷在花彩列島的中樞❸，北有琉球群島，南有菲律賓❹群島，西隔臺灣海峽❺與中國大陸相望。

臺灣的五、六月是典型❻的梅雨❼季節，到了夏天，天氣不但炎熱，而且常有颱風，而到了冬天，雖然不太冷，但只要$_2$寒流❽一來，天氣就$_2$會變得冷颼颼❾。因為是亞熱帶的氣候，有充足的陽光和豐沛❿的雨量⓫，所以臺灣盛產⓬了多種水果，如芒果、甘蔗、香蕉等。臺灣曾經⓭因$_3$香蕉大量外銷⓮，而$_3$有「香蕉王國」的美名。

臺灣的交通四通八達⓯，南來北往有飛機、高鐵、火車和客運可搭，各地區也都設有⓰公車站牌和隨招隨到⓱的計程車，而$_4$在臺北、臺中、高雄這類的大城市則$_4$有捷運，所以想在臺灣環島旅行並不$_5$是一件難事。除此之外$_6$，像澎湖、金門、馬祖、小琉球、綠島和蘭嶼等離島⓲，也都是值得⓳旅遊的好地方。

詞彙

❶ **島嶼 n. dǎoyǔ islands**

例句 ▸▸ 臺灣是一座充滿多元文化的島嶼。

❷ **漂浮 v. piāofú to float**

例句 ▸▸ 落葉漂浮在湖面上。

❸ **中樞 n. zhōngshū center**

例句 ▸▸ 人類的思考中樞是大腦。

❹ **菲律賓 n. fēilǜbīn The Philippines**

例句 ▸▸ 從地圖上來看，菲律賓在臺灣的南邊。

❺ **海峽 n. hǎixiá strait**

例句 ▸▸ 臺灣海峽在中國大陸與臺灣之間。

❻ **典型 adj. diǎnxíng typical**

例句 ▸▸ 麥當勞是典型的速食連鎖餐廳。

❼ **梅雨 n. méiyǔ plum rain**

例句 ▸▸ 臺灣的梅雨季，約在五到六月之間。

❽ **寒流 n. hánliú cold current**

例句 ▸▸ 氣象預報說：「明天有一波寒流，提醒民眾外出時多加件衣服。」

❾ **冷颼颼 adj. lěngsōusōu chilly**

例句 ▸▸ 冷颼颼的天氣，最適合吃火鍋了。

⑩ **豐沛 adj. fēngpèi abundant**

例句 ▸▸ 這個(个)颱風為臺灣帶來豐沛的雨水。

⑪ **雨量 n. yǔliàng rainfall amount**

例句 ▸▸ 今(今)年雨量不足，影響(响)到農(农)作物的生產(产)。

⑫ **盛產 v. shèngchǎn to abound**

例句 ▸▸ 臺灣的玉井盛產芒果。

⑬ **曾經 adv. céngjīng once**

例句 ▸▸ 他曾經是一位跆拳道(道)國手。

⑭ **外銷 v. wàixiāo to export**

例句 ▸▸ 臺灣外銷許多水果到國外去。

⑮ **四通八達 idiom sìtōngbādá accessible**

例句 ▸▸ 這個城市的交通四通八達，到哪裡(里)都很方便。

⑯ **設有 v. shèyǒu to be equipped with**

例句 ▸▸ 停車場(场)一般都設有殘(残)障車位。

⑰ **隨招隨到 idiom suízhāosuídào easily available**

例句 ▸▸ 計程車是隨招隨到的交通工具。

⑱ **離島 n. lídǎo offshore islands**

例句 ▸▸ 臺灣附近的離島都各有特色。

⑲ **值得 v. zhídé to be worth**

例句 ▸▸ 這部電(电)影的故事很有趣，值得一看。

句型語法

1 **N1 + 就如同 + N2 + 一般 + V. phr.。**

English: ~ be same as ~

例句：星星就如同鑽石一般閃閃發亮。

造句：＿＿＿＿＿＿＿＿＿＿＿＿＿＿＿＿＿＿＿＿＿＿＿＿＿＿＿＿。

2 **只要（一）+ V. + O.，S. + 就 + V. phr.。**

English: As long as ~

例句：只要一碰到考試，他就會變得很緊張，吃不下飯。

造句：＿＿＿＿＿＿＿＿＿＿＿＿＿＿＿＿＿＿＿＿＿＿＿＿＿＿＿＿。

3 **S1 + 因 + S2 + V.，而 + V. phr.。**

English: The pattern is similar to "~for~" or "~result in~" in English. It is used to express cause and effect.

例句：台南因古蹟林立，而有古都之稱。

造句：＿＿＿＿＿＿＿＿＿＿＿＿＿＿＿＿＿＿＿＿＿＿＿＿＿＿＿＿。

4 **Clause，而 + S. + 則 + V. + O.。**

English: This structure is used to indicate further explanations or contrast.

例句：臺灣各地都有公車和計程車，而在大都市則有捷運可搭。

造句：＿＿＿＿＿＿＿＿＿＿＿＿＿＿＿＿＿＿＿＿＿＿＿＿＿＿＿＿。

5 **S. + 並 + 不 + Psych V. / Stative V. (adj.)。**

S. + 並 + 沒 + V. / N.。

English: " 並 " is put before " 不 " or " 沒 " to emphasize negations.

例句：他並不喜歡(欢)運動(动)。

造句：____。

6 **Clause，除此之外，V. phr.。**

English: ~. Besides, ~.

例句：小育(育)喜歡游泳，除此之外，也喜歡打羽毛球。

造句：____。

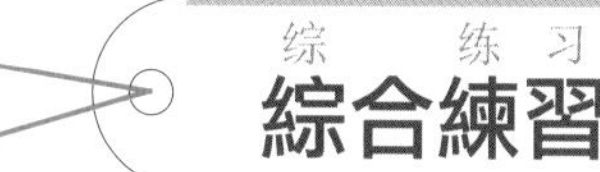

綜合練習

（一）聽力理解

MP3-01

說明：請聽本課課文的 MP3 後，回答以下問題。

1 （A）東部

（B）西部

（C）南部

（D）北部

2 （A）香蕉

（B）甘蔗

（C）芒果葉

（D）香蕉葉

3 （A）夏天有颱風。

（B）臺灣盛產水果。

（C）五、六月是梅雨季。

（D）臺灣的香蕉有很多是從國外進口。

4 （A）四面環海。

（B）高山很少。

（C）交通便利。

（D）沒有颱風。

5 （A）琉球

（B）蘭嶼

（C）綠島

（D）澎湖

（二）會話理解

說明：請把框框內的詞彙填入適當的會話中。

寒流	值得	漂浮	冷颼颼	盛產	梅雨	香蕉葉

A：今天上課，老師說臺灣的形狀像番薯，真有意思！

B：可是，我覺得比較像一片 1 ________。

A：還真的有點像耶！像一片葉子 2 ________ 在海上，這想像多美啊！

B：哪裡美了？就是因為在海上，又在亞熱帶地區，讓臺灣的氣候又溼又熱，一想到就很不舒服。五、六月還有 3 ________，一直下雨，出門很不方便，還好現在是冬天。

A：雖然我也不喜歡夏天，可是也是因為這樣，讓臺灣 4 ________ 了許多水果，像是又大又甜的芒果。所以，就算夏天又溼又熱的，可是可以吃到透心涼的「芒果冰」，5 ________ 了啦！

B：也對喲！不過，我還是比較喜歡冬天，尤其是 6 ________ 一來，馬上變得 7 ________ 的，就是吃火鍋的好天氣。

（三）閱讀理解

說明：請閱讀以下短文及資訊，並回答問題。

暑假即將到來，來自美國的大衛在臺灣讀大學，想要趁這暑假好好認識臺灣。某天，大衛在逛臉書的時候，看到朋友參加了「火車大富翁」活動，大衛就上網搜尋相關資料，也向這位朋友詢問活動的內容。原來「火車大富翁」是結合了旅行和遊戲，以火車為交通工具的環島之旅，由骰子決定組員、出發方向和抵達的火車站。抵達火車站後，必須和火車站合照或蓋火車站的印章。此活動是用遊戲的方式，讓參加者認識臺灣的美，除此之外，還能在旅行中認識不同的朋友，一起分享彼此的故事。以下是「2020年火車大富翁」的資訊：

報名連結：https://forms.gle/pGA4YvBG3YpctBtG6（含說明）

第一階段活動時間：

1. 三月十四日（六）～十五日（日）：嘉義－高雄
2. 三月二十一日（六）～二十二日（日）：新竹－彰化

※集合首日九點半於嘉義／新竹火車站附近集合；下午四點左右於高雄／彰化解散。

報名條件：年滿十六歲，四十歲以下。自備個人所需的記錄器材。

報名費用：三千八百元（原價：四千五百元）（不含三餐及交通）

報名截止：額滿為止！

注意事項：
1. 人數達標後將收到入選通知信！
2. 請記得公開分享本活動。

1 **大衛是怎麼知道「火車大富翁」這個活動的？**

（A）看旅遊書

（B）逛社群網站

（C）曾經參加過

（D）看到宣傳(伝)海報

2 **有關「火車大富翁」活動，下列何者正確(确)？**

（A）是桌遊的一種(种)。

（B）交通工具是火車。

（C）十六歲以下的學生可以參加。

（D）抵達火車站後，必須與(与)當(当)地人合照。

3 **文中「原來」的意思，和以下哪一句的用法是相同的？**

（A）原來你們認識啊！

（B）我原來是住在嘉義。

（C）原來的髮(发)型比較適(适)合妳。

（D）這件衣服原來的價格是一千兩(两)百元。

4 **報名「火車大富翁」的條件之一是自備個人所需的記錄器材。這是建議(议)參加者要攜(携)帶什麼？**

（A）電腦(计算机)

（B）電話

（C）照相機(机)

（D）盥洗用具

5 **下列何者不是「火車大富翁」吸引人的地方？**

（A）三餐免費

（B）坐火車環島

（C）可以交朋友

（D）認識臺灣之美

（四）短文寫作

說明：請依以下提示，寫一篇約一百五十字的短文。

如果有一位朋友想到你的國家旅遊，你會怎麼向他介紹你的國家？同時，也請為你的朋友規劃三天的旅遊路線。可以畫圖，再加上文字說明。

題目：______________________________

綜合練習解答｜第一課｜

（一）聽力理解

1. 臺灣位於亞洲的哪裡？

2. 臺灣的形狀像什麼？

3. 下列何者不符合對臺灣的描述？

4. 為什麼在臺灣環島不難？

5. 下列何者不是臺灣的離島？

答案： 1.（A） 2.（D） 3.（D） 4.（C） 5.（A）

（二）會話理解

答案： 1. **香蕉葉** 2. **漂浮** 3. **梅雨** 4. **盛產** 5. **值得** 6. **寒流** 7. **冷颼颼**

（三）閱讀理解

答案： 1.（B） 2.（B） 3.（A） 4.（C） 5.（A）

Lesson 2

多元文化的熱情島嶼

課文

「臺灣」這座熱情的島嶼，無論[1]在族群①或[1]語言上都[1]保有多元文化②特色。不過，究竟[2]是哪些原因造就了臺灣族群和語言的豐富性呢？

在十七世紀以前，此地居住著樂天知命③的原住民，但後來被荷蘭、西班牙、南宋④延平郡王⑤鄭成功⑥和清朝⑦統治⑧，至一八九五年中日甲午戰爭⑨後割讓⑩給日本。一九四五年，第二次世界大戰結束，日本無條件投降⑪。一九九零年代，受到[3]跨國婚姻⑫和外勞政策⑬的影響[3]，以及近幾年推動外國學生來臺留學，使得[3]移民和外國人的人數逐年⑭增加，這些原因都讓臺灣族群更加多元化。

語言政策上，為了統一⑮語言，政府曾推動「說國語、禁方言⑯」的政策，規定⑰大家都得使用國語。後來隨著[4]本土意識⑱抬頭⑲和語言政策開放，閩南語⑳、客家話㉑、原住民㉒語等，不僅[5]成了學校教育不可或缺㉓的一環，更[5]豐富了臺灣語言的多樣性㉔。

詞彙(词汇)

❶ **族群 n. zúqún ethnic group**

例句 ▸▸ 臺灣住著(着)不同族群的人。

❷ **多元文化 adj. duōyuánwénhuà multicultural**

例句 ▸▸ 臺灣是個(个)多元文化的社會(会)。

❸ **樂天知命 idiom lètiānzhīmìng optimistic**

例句 ▸▸ 農(农)夫總(总)是給人們一種(种)樂天知命的感覺(觉)。

❹ **南宋 n. Nánsòng Southern Song Dynasty**

例句 ▸▸ 朱熹是南宋著名的理學家。

❺ **延平郡王 n. Yánpíngjùnwáng Koxinga**

例句 ▸▸ 「延平郡王」這個封號是明朝的皇帝賜(赐)給鄭成功的。

❻ **鄭成功 n. Zhèng chénggōng Koxinga**

例句 ▸▸ 鄭成功是一位了不起的歷(历)史人物。

❼ **清朝 n. Qīngcháo Qing Dynasty**

例句 ▸▸ 這個古董花瓶是從(从)清朝流傳(传)下來的。

❽ **統治 v. tǒngzhì to dominate**

例句 ▸▸ 日本曾經統治過臺灣。

❾ **甲午戰爭 n. Jiǎwǔ zhànzhēng The First Sino-Japanese War**

例句 ▸▸ 中日甲午戰爭後，清朝戰敗(败)，所以被迫與(与)日本簽(签)定馬(马)關(关)條(条)約(约)。

⑩ **割讓** v. gēràng to cede

例句 ▸▸ 戰敗國往往都要割讓自己的領土給戰勝(胜)國。

⑪ **投降** v. tóuxiáng to surrender

例句 ▸▸ 我輸(输)了，我投降。

⑫ **跨國婚姻** n. kuàguó hūnyīn cross-cultural marriage

例句 ▸▸ 跨國婚姻要克服的問(问)題很多。

⑬ **外勞政策** n. wàiláo zhèngcè foreign labor policy

例句 ▸▸ 引進(进)外籍勞工之前，制訂相關的外勞政策是必要的。

⑭ **逐年** adv. zhúnián year by year

例句 ▸▸ 臺灣的生育率逐年下降。

⑮ **統一** v. tǒngyī to unify

例句 ▸▸ 東(东)西德已經統(统)一了。

⑯ **禁方言** v. jìn fāngyán to ban the dialect

例句 ▸▸ 早期政府為了禁止人民說閩南語，曾推出「說國語、禁方言」的政策。

⑰ **規定** v. guīdìng to stipulate; to regulate

例句 ▸▸ 臺灣的法律規定在公共場合不可以吸煙。

⑱ **本土意識** n. běntǔ yìshí indigenous awareness

例句 ▸▸ 臺灣人的本土意識越來越強烈。

⑲ **抬頭** v. táitóu to give rise to

例句 ▸▸ 隨著性別平等意識抬頭，政府也訂定相關法律，以避免就業(业)性別歧視(视)。

⑳ **閩南語** n. mǐnnán yǔ **Taiwanese Hokkien**

例句▸▸ 現在不會說閩南語的年輕(轻)人越來越多了。

㉑ **客家話** n. kèjiā huà **Hakka**

例句▸▸ 客家人不見(见)得都會說客家話。

㉒ **原住民** n. yuánzhùmín **Taiwanese aborigines**

例句▸▸ 臺灣的原住民有十六族，每一族都有屬(属)於(于)自己的文化特色。

㉓ **不可或缺** idiom bùkěhuòquē **indispensable**

例句▸▸ 手機(机)已經成為生活中不可或缺的一部分了。

㉔ **多樣性** n. duōyàng xìng **diversity**

例句▸▸ 臺灣面積雖然不大，但是擁有豐富的生物多樣性。

句型語法

1 **無論** + Circumstance 1 + **或** + Circumstance 2，**都** + V. phr. (Inevitable result) 。

English: Whether ~ or ~, ~.

例句：無論晴天或雨天，都必須要到學校上課。

造句：____。

2 **究竟** + Question word，Clause ？

究竟 + Interrogative sentence ？

English: Wh- "on earth" ~?

例句：究竟是什麼原因，讓你想來臺灣學中文？

造句：____？

3 **受到** + N. + **的影響，使得** + S. + V.。

English: be influenced by ~, ~.

例句：受到動物保育意識的影響，使得越來越多人以領養代替購買。

造句：____。

4 **隨著** + Clause 1，Clause 2。

English: As ~, ~.

例句：隨著科技進步，傳遞訊息的方式也變得更便利、更多元。

造句：____。

5 Clause，**不僅** + V. phr.，**更** + V. phr.。

English: not only ~, but also ~.

例句：鄭成功治理臺灣時，不僅(仅)將(将)荷蘭人逐出臺灣，更建造了許多建築(筑)物。

造句：____。

綜合練習

（一）聽力理解

MP3-02

說明：請聽本課課文的 MP3 後，回答以下問題。

1 （A）大家都必須要說國語。

（B）大家都必須要說方言。

（C）大家都不能說任何語言。

2 （A）閩南語

（B）廣東話

（C）原住民語

3 （A）樂觀開心的

（B）憂鬱傷心的

（C）已經不存在的

（二）會話理解

說明：請把框框內的句子填入適當的會話中。

a. 因為要統一語言，所以就規定大家都得說國語
b. 我寫「荷蘭、西班牙、南宋延平郡王鄭成功和清朝」
c. 雖然現在學校都會教閩南語，可是不會說閩南語的年輕人卻越來越多
d. 就本土意識抬頭和語言政策開放

1 A：你記得剛剛老師說：「造就了臺灣族群和語言的豐富性」的原因是什麼嗎？

B：記得啊！＿＿＿＿＿＿＿＿＿＿＿＿＿＿＿＿＿＿。

2 A：為什麼臺灣政府以前要推動「說國語、禁方言」的政策？

B：＿＿＿＿＿＿＿＿＿＿＿＿＿＿＿＿＿＿＿＿＿＿。

3 A：問你喔！剛剛有一題簡答題問說：「臺灣先後被誰統治過？」你會寫嗎？

B：＿＿＿＿＿＿＿＿＿＿＿＿＿＿＿＿＿＿＿＿＿＿。

4 A：＿＿＿＿＿＿＿＿＿＿＿＿＿＿＿＿＿＿＿＿＿＿。

B：對耶！不知道問題出在哪？

（三）閱讀理解

說明：請閱讀以下短文，並回答問題。

你是否有在臺灣搭乘大眾運輸工具的經驗呢？在臺灣的大眾運輸工具上，可以聽到廣播的語言有中文、英語、閩南語、日語等。由此可以看出臺灣是個多語言的熱情島嶼。不過，究竟是哪些原因造就了臺灣語言的豐富性呢？

臺灣政府曾經為了統一語言，而推動「說國語、禁方言」的政策，規定大家都得使用國語。最後隨著社會的進步以及本土意識抬頭，語言政策逐漸開放，使閩南語、客家話、原住民語等，陸陸續續受到重視，更豐富了臺灣語言的多樣性。

1 **下列何者不是指「大眾運輸工具」？**

（A）捷運

（B）汽車

（C）火車

2 **在臺灣的大眾運輸工具上，不會聽到廣播員用哪種語言廣播？**

（A）日語

（B）英語

（C）西班牙語

3 **本文中的「臺灣的多樣性」是指哪個方面？**

（A）語言

（B）美食

（C）大眾運輸工具

（四）短文寫作

說明：請依以下提示，寫一篇約一百五十字的短文。

請寫下你認為臺灣在哪一方面最具多樣性，而你自己的國家在哪一方面最具多樣性，為什麼？並比較臺灣和你自己的國家在多樣性上的異同。可以畫圖，再加上文字說明。

題目：＿＿＿＿＿＿＿＿＿＿＿＿＿＿＿＿＿＿＿＿

綜合練習解答｜第二課｜

（一）聽力理解

1. 「語言政策上，為了統一語言，政府曾推動「說國語、禁方言」的政策，規定大家都得使用國語。」這句話是什麼意思？

2. 「隨著本土意識抬頭和語言政策開放，閩南語、客家話、原住民語等，不僅成了學校教育不可或缺的一環，更豐富了臺灣語言的多樣性。」這句話沒有提及哪種語言？

3. 樂天知命的原住民中的「樂天知命」是什麼意思？

答案：1.（A） 2.（B） 3.（A）

（二）會話理解

答案：1. d 2. a 3. b 4. c

（三）閱讀理解

答案：1.（B） 2.（C） 3.（A）

memo

Lesson 3

有拜有保庇

課文

「有拜有保庇❶」是臺灣人很常說的一句話。說到[1]臺灣的祭拜❷習俗❸，一定要先認識「拜拜❹」這個詞。雖然大家信仰❺的神都不盡相同❻，但通常「拜拜」就是指「燒香❼祭拜」。臺灣人在祭拜的時候有一些規矩和禁忌❽，例如：祭拜前要淨❾手、淨口、淨心，掉到地上的香不[2]能撿起來用，也不[2]能用手指神明❿等。目前臺灣的宗教以民間⓫信仰和佛教⓬為主，而受到敬天⓭祭祖⓮文化觀念的影響，多數的家庭也都會祭拜自己的祖先。

不說你可能不知道[3]，臺灣的新年期間有一項⓯有趣的活動，那就是「搶頭香⓰」。除夕夜⓱的時候，有些廟宇⓲會將廟門暫時⓳關閉，等到吉時⓴才把門打開，讓等在廟門外的香客㉑搶著在香爐㉒上插上第一炷㉓香。據說[4]搶到頭香的人會受到神明特別地照顧，而且一整年的運勢都會很旺㉔。因此，我們可以知道，「有拜有保庇」不僅深植於[5]臺灣人的思想㉕觀念裡，更代表著臺灣信仰文化的特色之一。

词汇

詞彙

❶ **保庇 v. bǎobì to bless**

例句 ▶▶ 臺灣人相信祖先會保庇整個家族。

❷ **祭拜 v. jìbài to worship**

例句 ▶▶ 每逢清明節時，家家戶戶都會祭拜祖先。

❸ **習俗 n. xísú custom**

例句 ▶▶ 每個地區都有屬於自己的文化習俗。

❹ **拜拜 n. / v. bàibài the act of worship**

例句 ▶▶ 每逢神明生辰，各大廟宇就開始舉行拜拜儀式。

❺ **信仰 v. xìnyǎng to believe in (religion)**

例句 ▶▶ 在臺灣，有很多人信仰媽祖。

❻ **不盡相同 adj. bújìnxiāngtóng different**

例句 ▶▶ 每個國家的傳統都不盡相同。

❼ **燒香 v. shāo xiāng to burn incense**

例句 ▶▶ 通常到廟宇的香客都會燒香祭拜，祈求神明保佑。

❽ **禁忌 n. jìnjì taboo**

例句 ▶▶ 把筷子插在飯上，對臺灣人來說是一個禁忌。

❾ **淨 v. jìng to purify (to make pure)**

例句 ▶▶ 淨手、淨口、淨心是祭拜前很重要的步驟。

⑩ **神明 n. shénmíng deities**

例句 ▶▶ 臺灣的神明有很多。

⑪ **民間 n. mínjiān civil society**

够 体
例句 ▶▶ 政府要能夠體會民間疾苦，才可以給人民帶來更好的生活。

⑫ **佛教 n. fójiào Buddhism**

例句 ▶▶ 臺灣有很多人信仰佛教。

⑬ **敬天 v. jìng tiān to worship deities**

例句 ▶▶ 在臺灣，敬天祭祖是一種習俗。

⑭ **祭祖 v. jì zǔ to worship ancestors**

达 与
例句 ▶▶ 祭祖就是傳達對祖先的尊敬與思念。

⑮ **項 n. xiàng a kind / an item of**

项 运 动 竞 赛
例句 ▶▶ 這次運動會有多項運動競賽。

⑯ **搶頭香 v. qiǎng tóuxiāng to offer the first stick of incense**

闻 众 画
例句 ▶▶ 每到初一，新聞都會播民眾搶頭香的畫面。

⑰ **除夕夜 n. chúxì yè Chinese New Year's Eve**

团 圆
例句 ▶▶ 除夕夜是一家團圓的日子。

⑱ **廟宇 n. miàoyǔ temple**

例句 ▶▶ 臺灣各地的廟宇各有特色。

⑲ **暫時 adv. zhànshí temporarily**

例句 ▶▶ 我們暫時休息一下吧。

⑳ **吉時 n. jíshí　propitious hour**

例句▶▶ 在華(华)人的習俗裡，一定要挑良辰吉時結婚。

㉑ **香客 n. xiāngkè　pilgrim; disciple**

例句▶▶ 大甲媽祖繞(绕)境時，會有很多香客一起走。

㉒ **香爐 n. xiānglú　a censer (for burning incense)**

例句▶▶ 拜拜完後，要把香插在香爐上。

㉓ **炷 n. zhù　a stick of incense**

例句▶▶ 一炷香燒完的時間是十五分鐘(钟)。

㉔ **旺 adj. wàng　prosperous**

例句▶▶ 在臺灣，鳳(凤)梨(波萝)代表「旺」的意思。

㉕ **思想 n. sīxiǎng　ideology; thoughts**

例句▶▶ 東亞(东亚)國家受到儒家思想的影響很深。

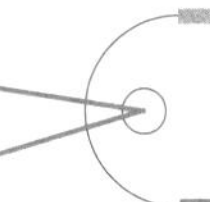

句型語(语)法

1 說(说)到 + N.，Clause。

English: Speaking of ~

例句：說到世界首富，第一個想到的就是比爾(尔)蓋(盖)茲。

造句：______________________________

2 S. + 不 + V. + O.，也不 + V. + O.。

English: Neither ~, nor ~.

例句：我不喜歡(欢)運動，也不想運動。

造句：______________________________

3 不說你可能不知道，Clause。

English: You might not know ~

例句：不說你可能不知道，她昨天去做了整型手術(术)。

造句：______________________________

4 據說 + Clause。

English: It is said that ~

例句：據說葡萄可以抗癌。

造句：______________________________

5 **S. + 深植於 + O.。**

English: be deeply rooted in ~

例句：儒家思想深植於華人心中。

造句：______________________________

綜合練習

（一）聽力理解

MP3-03

說明：請聽本課課文的 MP3 後，回答以下問題。

1 （A）習慣

（B）方法

（C）禁忌

2 （A）燒香祭拜

（B）三跪九叩

（C）和你說再見

3 （A）教堂

（B）寺廟

（C）理髮院

4 （A）臺灣的宗教都是一成不變的。

（B）臺灣的宗教只有民間信仰。

（C）臺灣大部分的家庭都會祭拜自己的祖先。

（二）會話理解

說明：請把框框內的句子填入適當的會話中。

a. 因為他們要到吉時，才會把門打開，讓等在廟門外的香客搶著在香爐上插上第一炷香
b. 是啊！而且一整年的運勢都會很旺
c. 像是拜拜前要淨手、淨口、淨心，掉到地上的香不能撿起來用，也不能用手指神明
d. 我想主要是受到敬天祭祖文化觀念的影響

1 A：請問在臺灣拜拜的時候，有沒有需要注意的規矩和禁忌？

B：有啊！＿＿＿＿＿＿＿＿＿＿＿＿＿＿＿＿＿＿＿＿。

2 A：為什麼臺灣多數的家庭都會祭拜自己的祖先？

B：＿＿＿＿＿＿＿＿＿＿＿＿＿＿＿＿＿＿＿＿＿＿＿。

3 A：我發現除夕夜的時候，臺灣的廟宇會把將廟門暫時關閉。你知道是為什麼嗎？

B：＿＿＿＿＿＿＿＿＿＿＿＿＿＿＿＿＿＿＿＿＿＿＿。

4 A：聽說搶到頭香的人會受到神明特別地照顧，是這樣嗎？

B：＿＿＿＿＿＿＿＿＿＿＿＿＿＿＿＿＿＿＿＿＿＿＿。

（三）閱讀理解

說明：請閱讀以下短文，並回答問題。

臺北艋舺的龍山寺，亦稱萬華龍山寺。在民國七十四年被政府升級為國家保護級的二級古蹟，並且與國立故宮博物院、中正紀念堂並列為是外國觀光客來臺北旅遊必去的三大觀光勝地。龍山寺供奉（consecrate）的神包括儒、釋（佛教）、道三教的神明。另外，很多臺灣人也會到龍山寺拜月老，希望求個好姻緣。龍山寺的正殿主要是祭拜「觀世音菩薩」，而後殿是祭拜「文昌帝君」。當你到臺灣的時候不要忘了去龍山寺看一看，體會一下臺灣的信仰文化。

1 **艋舺龍山寺位於臺灣的哪裡？**

（A）臺北

（B）臺中

（C）臺南

2 **龍山寺在民國七十四年被政府列為什麼？**

（A）二級古蹟

（B）三級古蹟

（C）觀光勝地

3 **下列哪一個不是被外國觀光客列為來臺北旅遊的三大觀光勝地之一？**

（A）艋舺龍山寺

（B）中正紀念堂

（C）淡水漁人碼頭

4 **文中提到很多臺灣人會到龍山寺拜哪位神明，求個好姻緣？**

（A）文昌帝君

（B）月下老人

（C）觀世音菩薩

（四）短文寫作

說明：請依以下提示，寫一篇約一百五十字的短文。

在臺灣四處都可以看到寺廟，由此可以看出在臺灣祭拜習俗是很普遍的，請試著參觀一座寺廟，並且描述寺廟的建築或是廟裡祭祀的神明等特色。你也可以比較臺灣的寺廟和你自己國家的寺廟的異同。

題目：＿＿＿＿＿＿＿＿＿＿＿＿＿＿＿＿

綜合練習解答｜第三課｜

（一）聽力理解

1. 「祭拜前要淨手、淨口、淨心，掉到地上的香不能撿起來用，也不能用手指神明。」這些都指出臺灣人在祭拜的時候所要注意的什麼事項？

2. 通常「拜拜」這個動作指的是下列何者？

3. 臺灣的新年期間有一項有趣的活動是「搶頭香」。搶頭香這個活動通常會在哪裡舉行？

4. 「目前臺灣的宗教以民間信仰和佛教為主，而受到敬天祭祖文化觀念的影響，多數的家庭也都會祭拜自己的祖先。」這句話的意思是？

答案：1.（C）　2.（A）　3.（B）　4.（C）

（二）會話理解

答案：1. c　2. d　3. a　4. b

（三）閱讀理解

答案：1.（A）　2.（A）　3.（C）　4.（B）

Lesson 4

吃飯皇帝大

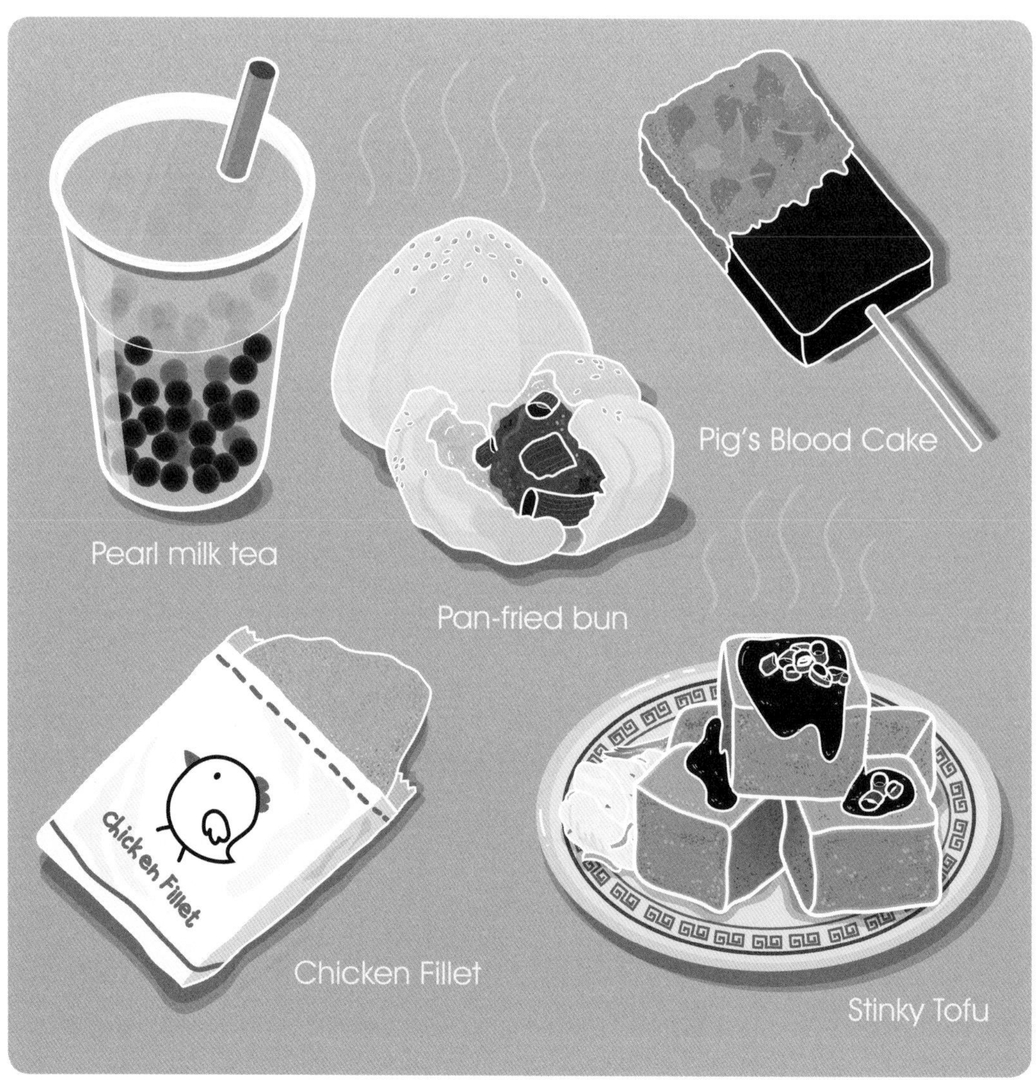

課文

「吃飯皇帝大」是臺灣一句著名①的諺語，意思②是民以食為天，吃飯是一件大事，所以人們在吃飯的時候，就像$_1$皇帝一般$_1$，不能被$_1$打擾③用餐。就連$_2$④熟人⑤在路上碰面⑥的時候，也$_2$常用「吃飽沒？」這句話來問候⑦、打招呼⑧，可見⑨臺灣人對「吃飯」有多重視⑩。

臺灣向來⑪就有$_3$美食王國之稱$_3$，也因為對$_4$飲食⑫的$_4$重視，所以從$_5$北到$_5$南皆$_5$吃得到地方特色⑬小吃，像是基隆廟口的天婦羅、鼎泰豐的小籠包、新竹的貢丸、臺中清水的筒仔米糕、彰化的肉圓、嘉義的火雞肉飯、臺南的擔仔麵等等。到了夜晚，各地物美價廉的夜市小吃紛紛⑭出籠，像是蚵仔煎、鹽酥雞、臭豆腐、豆花、芒果冰等等，也都是遊客不容錯過的美食。近幾年來，隨著健康養生觀念的盛行⑮，臺灣人也開始注重⑯用$_6$食補來$_6$滋補元氣⑰。目前⑱以食物養生的方式⑲主要⑳有蔬食㉑、生機飲食，或是加入中藥材來烹調，而口味也漸漸㉒由重轉為清淡。

詞彙

❶ **著名** adj. zhùmíng famous

例句 ▶▶ 這家小吃店的牛肉麵相當著名。

❷ **意思** n. yìsi meaning

例句 ▶▶ 這句話的意思很難懂。

❸ **打擾** v. dărăo to intrude on; to bother

例句 ▶▶ 不好意思，打擾了。

❹ **連** adv. lián even

例句 ▶▶ 他吃魚，連骨頭也都一起吃下去。

❺ **熟人** n. shóurén acquaintance

例句 ▶▶ 我在紐約一個熟人也沒有。

❻ **碰面** v. pèngmiàn to meet

例句 ▶▶ 我們兩點鐘在學校門口碰面，好嗎？

❼ **問候** v. wènhòu to send regards

例句 ▶▶ 好久沒看到阿姨了，幫我問候她一下。

❽ **打招呼** v. dă zhāohū to greet someone

例句 ▶▶ 世界各國的人用不同的方式打招呼。

❾ **可見** adv. kějiàn thus, one can tell…

例句 ▶▶ 學生們都答對了，可見題目很簡單。

⑩ **重視 v. zhòngshì to value**

例句 ▸▸ 你太不重視別人的意見。

⑪ **向來 adv. xiànglái always**

例句 ▸▸ 臺灣的冬天向來沒有颱風(台风)。

⑫ **飲食 n. yǐnshí diet**

例句 ▸▸ 她對飲食很講(讲)究。

⑬ **特色 n. tèsè feature**

例句 ▸▸ 導遊(导游)向大家介紹(绍)臺灣的特色。

⑭ **紛紛 adv. fēnfēn one after another**

例句 ▸▸ 百貨(货)公司週年慶(庆)，民眾(众)紛紛前往搶購(抢购)。

⑮ **盛行 v. shèngxíng to prevail**

例句 ▸▸ 喝珍珠奶茶的風氣(气)正在全世界盛行。

⑯ **注重 v. zhùzhòng to pay great attention to**

例句 ▸▸ 現(现)代人非常注重健康及養生。

⑰ **元氣 n. yuánqì vigour**

例句 ▸▸ 中國人喜歡(欢)吃補、補元氣。

⑱ **目前 adv. mùqián currently**

例句 ▸▸ 目前還買(还买)不到玉井芒果，夏天才是盛產(产)期。

⑲ **方式 n. fāngshì a manner or method of doing something**

例句 ▸▸ 她做事的方式和別人不一樣(样)。

⑳ **主要 adj. zhǔyào main**

例句 ▸▸ 廚師主要的工作就是滿足客人的胃口。

(厨师) (满)

㉑ **蔬食 n. shūshí vegetarian food**

例句 ▸▸ 人們相信吃蔬食很養生且環保。

㉒ **漸漸 adv. jiànjiàn gradually**

例句 ▸▸ 新生漸漸熟悉校園生活。

语

句型語法

1 N1 + **就像** + N2 + **一般，不能被** + V.。

English: ~ is / are like ~. It / They cannot be ~.

剥夺

例句：自由就像空氣一般，不能被剝奪。

造句：______________________________

2 S1 + V1，**就連** + S2 + **也** + V2。

English: ~ is / are so ~, even ~.

这个问题　简单　连　岁

例句：這個問題很簡單，就連三歲小孩也能回答。

造句：______________________________

3 N1 + **向來就有** + N2 + **之稱**。

English: ~ have / has always been known as ~.

东

例句：香港向來就有東方之珠之稱。

造句：______________________________

4 S. + **對（於）** + N1 **的** N2 + V. phr.。

English: Regarding ~ / Towards ~

例句：大家對退休金的問題都很重視。

造句：______________________________

5 **從** + N1 + **到** + N2 + **皆** + V.。

English: From ~ to ~, one can always ~.

便利　店

例句：臺灣從北到南皆有便利商店。

造句：________________________________

6 **用** + N. + **來** + V. phr.。

English: Use ~ to achieve ~. / Achieve ~ by ~.

议

例句：這個議題只能用投票來決定。

造句：________________________________

綜合練習

(一) 聽力理解

MP3-04

說明：請聽本課課文的 MP3 後，回答以下問題。

1 (A) 皇帝優先吃飯。

(B) 吃飯是一件重要的事情。

(C) 吃的飯菜比皇帝吃的還好。

2 (A) 吃飽沒？

(B) 買菜沒？

(C) 下班啦？

3 (A) 鹽酥雞

(B) 臭豆腐

(C) 八寶鴨

4 (A) 疫情爆發。

(B) 養生觀念盛行。

(C) 中藥材變得便宜。

（二）會話理解

說明：請把框框內的句子填入適當的會話中。

a. 因為蔬食比較養生，而且又可以減肥
b. 問我不準啦！因為我覺得都很好吃
c. 那是我們的問候語。因為臺灣人對「吃飯」很重視
d. 意思是民以食為天，吃飯是一件大事

1 A：「吃飯皇帝大」是臺灣一句著名的諺語，請問是什麼意思啊？

B：____________________。

2 A：為什麼臺灣人常常互相問「吃飽沒？」呢？

B：____________________。

3 A：你來臺灣這麼久，你覺得有哪些好吃的夜市小吃啊？

B：____________________。

4 A：你最近好像不太吃肉耶！

B：____________________。

（三）閱讀理解

說明：請閱讀以下短文，並回答問題。

逛夜市是許多臺灣人的興趣，因為夜市裡有各式各樣的東西，從魷魚羹、肉燥飯、紅豆餅、汽水，到套圈圈、射氣球，吃的、喝的、穿的、用的、玩的應有盡有。很多攤位還提供試吃。夜市是一個可以放鬆、沒有壓力的地方，還能穿著拖鞋到處逛，難怪大家都喜歡去。

臺灣夜市人來人往，常擠得水洩不通。「來喔！來喔！免費試吃，買一包送一包。」拿著大聲公的人在喊著，各個攤販叫賣聲此起彼落，這就是臺灣本土的夜生活，好不熱鬧！

1 **下列哪一項夜市活動在文章中*沒提到*？**

（A）套圈圈

（B）射氣球

（C）夾娃娃

2 **下列哪一個選項最能夠形容夜市的氣氛？**

（A）熱鬧的

（B）冷清的

（C）緊張的

3 **為什麼大家喜歡去夜市？**

（A）因為很多人而且很吵。

（B）因為很刺激而且很便宜。

（C）因為可以吃東西而且可以放鬆。

（四）短文寫(写)作

說明：請依以下提示，寫一篇約一百五十字的短文。

臺灣的特色之一就是夜市。第一次在臺灣逛夜市時，和你想像中的一樣嗎？而你自己的國家也有夜市嗎？請與大家分享你逛夜市的經驗(经验)。如果你的國家也有夜市的話，你也可以比較臺灣的夜市和你自己國家的夜市的異同。

題目：＿＿＿＿＿＿＿＿＿＿＿＿＿＿＿＿＿＿＿＿

綜合練習解答｜第四課｜

（一）聽力理解

1. 請問「吃飯皇帝大」是什麼意思？

2. 臺灣人常會用哪句話來打招呼？

3. 下列何者不是臺灣的夜市小吃？

4. 為什麼臺灣人開始注重用食補來滋補元氣？

答案：1.（B） 2.（A） 3.（C） 4.（B）

（二）會話理解

答案：1. d 2. c 3. b 4. a

（三）閱讀理解

答案：1.（C） 2.（A） 3.（C）

memo

Lesson 5

請問貴姓大名

課文

每個國家的人在$_{1}$取名字的時候$_{1}$，都有自己的一套思考邏輯❶和文化意涵❷，而$_{2}$華人也不例外$_{2}$。在華人社會裡，會以$_{3}$小孩的生辰八字❸為主$_{3}$，也參考生肖❹和「金、木、水、火、土」五行，再根據❺小孩的性別，搭配❻適合的字音、字形和字義來取名。例如：$_{4}$「力」表示強壯有力；「裕」表示富裕有錢；「勝」表示勝利；「勇」表示勇氣；「陽」表示太陽；「雷」表示雷電；「宇」表示宇宙；「豪」表示英雄；「良」表示優秀❼，都是適合男孩子的字。而「美」表示漂亮；「梅」表示梅花；「蓮」表示蓮花；「月」表示月亮；「玲」表示靈巧❽；「欣」表示歡樂❾等等，都是適合女孩子的字。

不過，要注意的是，$_{5}$受到「君君臣臣父父子子」階級❿思想所形成的「諱名制」的影響，華人在取名字的時候，至今還$_{6}$是會避開父親或祖父⓫名字裡出現過的字，以示尊敬⓬和長幼之分⓭。

詞彙（词汇）

❶ **邏輯** **n. luójí logic**

例句 ▶▶ 你邏輯有問題。

❷ **意涵** **n. yìhán denotation**

例句 ▶▶ 這兩種學說的意涵截然不同。

❸ **生辰八字** **n. shēngchénbāzì**

one's birth data for astrological purposes

例句 ▶▶ 華人結婚的時候，通常會看雙方的生辰八字。

❹ **生肖** **n. shēngxiào Chinese zodiac**

例句 ▶▶ 我的生肖屬（属）羊。

❺ **根據** **prep. gēnjù according to**

例句 ▶▶ 根據氣象報（报）導，明天會下雨。

❻ **搭配** **v. dāpèi to be paired with; to go with**

例句 ▶▶ 這件洋裝適合搭配這條圍巾。

❼ **優秀** **adj. yōuxiù outstanding**

例句 ▶▶ 她又聰（聪）明又能幹（干），是個非常優秀的女孩子。

❽ **靈巧** **adj. língqiǎo ingenious**

例句 ▶▶ 她的手挺靈巧的，做的手工藝品都很精緻。

⑨ **歡樂 adj. huānlè delightful; pleasant**

例句 ▸▸ 我們過了很歡樂的一天。

⑩ **階級 n. jiējí hierarchy**

例句 ▸▸ 軍中有很嚴格的階級制度。

⑪ **祖父 n. zǔfù grandfather**

例句 ▸▸ 爸爸的爸爸，我們稱為「祖父」。

⑫ **尊敬 n. zūnjìng respect**

例句 ▸▸ 談話時應該看著對(对)方，以示尊敬。

⑬ **長幼之分 idiom zhǎngyòuzhīfēn respect for seniority**

例句 ▸▸ 父母從小就教我們要懂得長幼之分。

句型語法

1 （S.）**在 + V. phr. + 的時候**

English: When ~

例句：我記得在念小學三年級的時候，就得開始搭公車上學。

造句：__________

2 Clause，**而 + N. + 也不例外。**

English: ~ is / are no exception.

例句：在這個班級裡，大家都學中文，而約翰也不例外。

造句：__________

3 S. + Modal V. + **以** + N. + **為主**

English: focus on ~

例句：教育應該以學生為主。

造句：__________

4 Clause，**例如：**

English: For example, ~

例句：我喜歡運動，例如：游泳、打球。

造句：__________

5 **Clause，不過，要注意的是** + **Clause。**

English: ~; however, one should note that ~.

例句：夜市人多很熱鬧，不過，要注意的是，扒手可能就在你身邊。

造句：______________________________

6 **Clause，（S.）+ 至今還（还）+ V. phr.。**

English: until now ~

例句：我前女友送的手錶，我至今還留著作紀念。

造句：______________________________

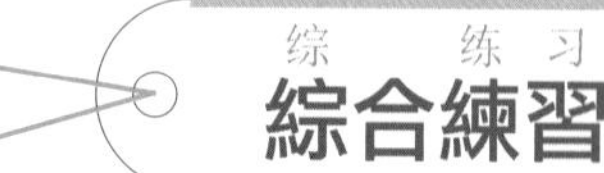

（一）聽力理解

MP3-05

說明：請聽本課課文的 MP3 後，回答以下問題。

1 （A）家庭故事和個人喜好
（B）思考邏輯和文化意涵
（C）政府建議和多重選擇
（D）歷史背景和家族規定

2 （A）風水
（B）性別
（C）五行
（D）生肖

3 （A）陽
（B）豪
（C）麗
（D）裕

4 （A）美
（B）勇
（C）欣
（D）蓮

5 （A）為了紀念

（B）為了好運

（C）為了表示親密

（D）為了表示尊敬

（二）會話理解

說明：請把框框內的詞彙填入適當的會話中。

生辰八字	諱名制	除了
個人喜好	宗教信仰	根據

A：爸媽在給小孩取名的時候，都會 1＿＿＿＿＿＿小孩的性別來命名。

B：對啊！尤其是華人取名字的時候更是一種藝術。華人會以孩子的 2＿＿＿＿＿＿來考量。

A：3＿＿＿＿＿＿你剛說的，父母也會考慮孩子命格的五行嗎？

B：當然囉！

A：那還有其他要注意的地方嗎？

B：還有一個很特別的原則就是，晚輩的名字不可以跟長輩的名字相同，這是因為受到 4＿＿＿＿＿＿觀念的影響。

A：這種幫孩子取名字的方式真的很特別。

（三）閱讀理解

說明：請閱讀以下短文，並回答問題。

「華碩」品牌名稱的由來

華人不僅重視個人的命名，也很重視公司品牌的命名。大部分的公司品牌都不是隨便翻翻字典就決定的，而是有獨特的涵義，例如：來自臺灣的知名品牌「華碩」背後也有一個故事。「華碩」是以「華人之碩」作為自我期許，可見「華碩」不僅在品質與創新上十分堅持，更希望自己的品牌成為華人世界的領頭羊。

「華碩」目前已是全世界最大的主機板製造商，其筆記型電腦的銷售量排名全球前三大。「華碩」不僅為消費者及企業用戶提供多元的服務，同時也投入資源於社會公益、教育文化及環保等，在各方面都向著「華人之碩」的目標前進，不遺餘力。由此可見，命名是一大學問，對個人及企業都有很深遠的影響。

1 **本文主旨為何？**

（A）企業的售後服務

（B）「華碩」的品牌歷史

（C）品牌命名的重要性

2 **請問第一段中「領頭羊」的意思為何？**

（A）最強壯的羊

（B）帶領羊群的人

（C）走在科技前端的領導者

3 **下列哪一項是文章中*<u>沒提到</u>*的？**

（A）「華碩」的銷售量

（B）「華碩」的社會責任

（C）「華碩」的成立時間

（四）短文寫作

說明：請依以下提示，寫一篇約一百五十字的短文。

本課課文中提到許多中文姓名所蘊含的特別意義。在你的國家，當人們在取名字時，是否也有需要特別注意的地方呢？請寫下你的經驗和想法。

題目：______________________________

綜合練習解答｜第五課｜

（一）聽力理解

1. 不同國家的人在命名時，在哪些方面都會有一套自己的想法？
2. 以下哪一個選項不會是華人為孩子命名時的考慮因素？
3. 以下哪一個選項不會是男孩子名字的選擇？
4. 以下哪一個選項不會是女孩子名字的選擇？
5. 為什麼華人在取名字的時候，會避免選擇和長輩名字相同的字？

答案：1.（B）　2.（A）　3.（C）　4.（B）　5.（D）

（二）會話理解

答案：1. **根據**　2. **生辰八字**　3. **除了**　4. **諱名制**

（三）閱讀理解

答案：1.（C）　2.（C）　3.（C）

memo

Lesson 6

禮多人不怪

課文

臺灣人之所以認為禮多人不怪❶，是因為相信與人相處時，寧可$_{1}$多一點禮數❷，也$_{1}$不要失禮。舉例來說，去探病時，通常會帶個水果，像是蘋果，不僅$_{2}$富有纖維❸和果膠❹，還有$_{2}$「平平安安」的意思。

送禮送得恰當❺是一門大學問，除了要注意送禮的場合之外，還要了解不同的禮物代表的意思，才能讓送禮的人不會鬧笑話❻，而收禮的人也不會覺得尷尬❼。臺灣人送的禮物跟$_{3}$諧音❽有關$_{3}$，例如：親友結婚的時候，有送紅棗❾的習慣，因為「棗」跟「早」同音，表示祝福新人「早生貴子❿」。不過，臺灣人送禮也有禁忌，例如：「梨⓫」跟「離」同音，有「分離」的意思；「傘」跟「散⓬」音相近，所以千萬別$_{4}$送傘或梨給自己的男朋友或女朋友！

另外，某些禮物有特殊的意涵，例如：在小孩滿月⓭的時候，有分送⓮紅蛋⓯跟油飯⓰給親友的習俗。紅蛋意味⓱著「圓滿無缺⓲」、「生生不息⓳」，油飯則$_{5}$因為食材豐富，象徵著小孩一生可以「豐衣足食⓴」。

詞彙

❶ 禮多人不怪 idiom lǐduōrénbúguài

You could never be too polite.

例句 ▸▸ 你還是帶著禮物去吧！禮多人不怪嘛！

❷ 禮數 n. lǐshù courtesy

例句 ▸▸ 去別人家拜訪時，禮數是很重要的。

❸ 纖維 n. xiānwéi fiber

例句 ▸▸ 要多吃富含纖維的綠色蔬菜。

❹ 果膠 n. guǒjiāo pectin

例句 ▸▸ 許多水果中都含有豐富的果膠，對身體很好。

❺ 恰當 adj. qiàdàng proper

例句 ▸▸ 穿拖鞋上課不太恰當。

❻ 鬧笑話 v. nào xiàohuà to make a fool of oneself

例句 ▸▸ 他剛來臺灣，因不懂中文而鬧笑話。

❼ 尷尬 adj. gāngà embarrassed

例句 ▸▸ 剛剛我在公車上跌了一跤，覺得真尷尬。

❽ 諧音 n. xiéyīn homophonic characters

例句 ▸▸ 一六八是「一路發」的諧音。

⑨ 紅棗 n. hóngzǎo jujubes / dates

例句 ▸▸ 紅棗可以拿來泡茶。

⑩ 早生貴子 idiom zǎoshēngguìzǐ

a wish to have a baby soon after getting married.

例句 ▸▸ 祝你早生貴子！

⑪ 梨 n. lí pear

例句 ▸▸ 臺灣的高山水梨又大又多汁。

⑫ 散 v. sàn to separate

例句 ▸▸ 天上的烏雲漸漸散開。

⑬ 滿月 v. mǎnyuè a baby's being one-month old

例句 ▸▸ 他的小孩下禮拜滿月，要帶什麼禮物過去呢？

⑭ 分送 v. fēnsòng to distribute

例句 ▸▸ 將這些喜餅分送給親朋好友吧！

⑮ 紅蛋 n. hóngdàn red-dyed boiled eggs

例句 ▸▸ 這個禮盒裡有紅蛋和油飯。

⑯ 油飯 n. yóufàn glutinous oil rice

例句 ▸▸ 油飯是用糯米做成的。

⑰ 意味 v. yìwèi to mean

例句 ▸▸ 女朋友送你雨傘，意味著她想跟你分手。

⑱ 圓滿無缺 idiom yuánmǎnwúquē complete and perfect

例句 ▸▸ 世界上沒有圓滿無缺的人生。

⑲ **生生不息 idiom shēngshēngbùxí endless and vital**

例句▸▸ 要愛護動植物，才能讓地球永續循環、生生不息。

⑳ **豐衣足食 idiom fēngyīzúshí having ample food and clothing**

例句▸▸ 大多數的臺灣人過著豐衣足食的生活。

句型語法

1 **寧可** + V. phr.，**也** + V. phr.。

English: would rather ~

例句：寧可信其有，（也）不可信其無。

造句：＿＿＿＿＿＿＿＿＿＿＿＿＿＿＿＿

2 S. + **不僅** + V. phr.，**還有** + V. phr.。

English: not only ~, but also ~.

例句：柳橙不僅含維生素 C，還有預防感冒的功效。

造句：＿＿＿＿＿＿＿＿＿＿＿＿＿＿＿＿

3 N1 / N. phr. 1 + **跟** + N2 / N. phr. 2 + **有關**

English: ~ be related to ~

例句：這些書跟你要查的資料有關，你可以慢慢看。

造句：＿＿＿＿＿＿＿＿＿＿＿＿＿＿＿＿

4 **千萬** + **別** + V. phr.。

千萬 + **不** + Modal V.（**要、能、可以**）+ V. phr.。

English: As an adverb, the term "千萬別" is used to command someone not to do something.

例句：千萬別相信他的話，我之前被他騙過。

造句：＿＿＿＿＿＿＿＿＿＿＿＿＿＿＿＿

5 **S1 + V.，S2 + 則 + V.。**

English: This pattern compares the characteristics of two things.

It means "~, while ~" or "on the other hand, ~" in English.

例句：南部粽是用水煮的，北部粽則是用蒸的。

造句：＿＿＿＿＿＿＿＿＿＿＿＿＿＿＿＿＿＿＿＿＿＿＿＿＿＿

綜合練習

（一）聽力理解

MP3-06

說明：請聽本課課文的 MP3 後，回答以下問題。

1 （A）因為臺灣人喜歡送禮。

（B）因為臺灣人覺得禮物越多越好。

（C）因為臺灣人認為對方不會怪罪，也不會覺得奇怪。

2 （A）早生貴子

（B）平平安安

（C）圓滿、生生不息

3 （A）女朋友生日送雨傘。

（B）親友結婚送棗子祝福。

（C）朋友生病帶蘋果探病。

4 （A）送禮時，最好先了解各種禮物代表的意義。

（B）探病時，帶梨子給病人吃，是個不錯的選擇。

（C）小孩滿月時，要送紅蛋和油飯給小孩的家人。

（二）會話理解

1. 請在空格中填入適當的詞彙。

不妨　探病　尷尬　鬧……笑話　恰當　是一門大學問

A：我今天要去朋友家拜訪，不知道該不該帶禮物。

B：喔！你是因為什麼原因要去朋友家拜訪呢？

A：我要去 1 ＿＿＿＿＿＿，我朋友已經不舒服好幾天了。

B：我建議你 2 ＿＿＿＿＿＿帶些蘋果，是很 3 ＿＿＿＿＿＿的禮物。

A：謝謝你，還好有你的建議，不然買錯禮物很 4 ＿＿＿＿＿＿呢！

B：是啊，我上次帶梨子去看望朋友，5 ＿＿＿＿＿＿了很大的 5 ＿＿＿＿＿＿。

A：送禮真 6 ＿＿＿＿＿＿。

2. 請利用「諧音、分送、千萬」這些詞彙編出一段對話。

（三）閱讀理解

說明：請閱讀以下短文，並回答問題。

送禮是各國皆有的文化，也是人傳遞給對方的心意。但，要如何送禮送得恰當又不失禮？卻是一門大學問。因為同樣一件禮品，對有些國家的人來說是祝福，卻對某些國家的人是禁忌。例如：在美國探病，送病人盆栽，表示祝福病人能像盆栽裡的植物一樣生氣盎然，早日康復，但對日本人來說，卻是不吉利的象徵。同樣是收到刀叉廚具組，對某些國家的人來說，或許感到非常實用，但如果是送給歐美國家的商業夥伴，就會被誤會從此斷絕商業往來。除了禮品本身所象徵的意義不同之外，送禮的數字和顏色也要注意。例如：西方人都忌諱「十三」，而「七」卻是他們喜歡的數字。華人在送禮時，講究喜事的成雙成對，所以喜歡用雙數來祝福對方。紫色，對華人風水來說，代表著智慧的象徵，可是在墨西哥，紫色則被視為不祥的顏色，所以最好不要送墨西哥人紫色的禮物。

其實，送禮就是人們為了表達自己給對方的心意而產生的一種文化行為。只要送禮多用點心，事前多做點功課，那麼，不管是送禮的人，或是收禮的人，都能皆大歡喜，更是建立良好人際關係的好方法。

1 **本文主旨為何？**

（A）送禮的重要性

（B）送禮的意義和禁忌

（C）維持良好人際關係的方法

2 **請問文中「不祥」的意思為何？**

（A）不漂亮

（B）不吉利

（C）不強壯

3 **下列敘述何者正確？**

（A）去給日本人探病時，可以送盆栽。

（B）紫色在華人的風水上，是智慧的象徵。

（C）送刀叉廚具組給歐美的客戶，他們會覺得非常實用。

（四）短文寫作

說明：請依以下提示，寫一篇約一百五十字的短文。

你在臺灣或自己的國家，有送禮的經驗嗎？是在什麼樣的情況下送禮？而對方的反應又是如何呢？請寫下你的經驗，同時比較在臺灣和你自己國家送禮時，有什麼異同？

題目：____________________

綜合練習解答｜第六課｜

（一）聽力理解

1. 臺灣人為什麼認為禮多人不怪呢？

2. 紅蛋跟油飯代表什麼？

3. 下列哪一項是送禮的禁忌？

4. 在臺灣送禮，怎麼做才正確？

答案： 1.（C） 2.（C） 3.（A） 4.（A）

（二）會話理解

答案： 1. **探病** 2. **不妨** 3. **恰當** 4. **尷尬** 5. **鬧……笑話**

6. **是一門大學問**

（三）閱讀理解

答案： 1.（B） 2.（B） 3.（B）

Lesson 7

望子成龍，望女成鳳

課文

「望子成龍，望女成鳳❶」是每個爸媽的心願❷，希望子女比[1]自己強，對教育成果的期望❸也就高。為了[2]不讓孩子輸❹在起跑點上，多數的父母會投資❺大量的教育基金❻讓孩子上才藝班❼，接受更好的教育，培養❽多元的能力，卻也導致❾臺灣出現特殊❿的補習⓫文化⓬。

因為補習盛行，所以很多臺灣學生的求學生活非常忙碌⓭，早上六點出門上學，放學後待在補習班到晚上十點多，常常被課業壓得喘不過氣⓮，造成⓯學習興趣下降⓰。雖然學生在補習班可以學到許多解題技巧⓱，讓考試成績亮眼⓲，卻缺少獨立⓳思考⓴的能力訓練，成為臺灣教育發展的一大隱憂㉑。

從「望子成龍，望女成鳳」這句成語，看得出臺灣父母的用心良苦，不過小孩的成長過程中，還有比成績更重要的事。在兒女的教育上，過猶不及㉒都會造成負面的影響，唯有[3]㉓取㉔其中庸之道，才是[3]王道。

詞彙

❶ **望子成龍，望女成鳳 idiom**

wàngzǐchénglóng, wàngnǚchéngfèng

To wish that children will be successful

例句▸▸ 「望子成龍，望女成鳳」是父母的心願。

❷ **心願 n. xīnyuàn wish**

例句▸▸ 爸爸的心願是騎重機去環島。

❸ **期望 n. qíwàng expectation**

例句▸▸ 父母的期望是孩子能成為一個有用的人。

❹ **輸 v. shū to lose; to fail**

例句▸▸ 他輸了這場比賽。

❺ **投資 v. tóuzī to invest**

例句▸▸ 他投資很多房地產。

❻ **基金 n. jījīn fund**

例句▸▸ 小美念大學時就開始打工存旅遊基金。

❼ **才藝班 n. cáiyì bān talent training class**

例句▸▸ 很多學生下課後還得去才藝班上課。

❽ **培養 v. péiyǎng to cultivate**

例句▸▸ 孩子從小就要培養良好的讀書習慣。

⑨ **導致 v. dǎozhì to result in**

导
例句 ▸▸ 地球暖化導致海平面升高。

⑩ **特殊 adj. tèshū particular; special**

例句 ▸▸ 小王的成功來自於他特殊的家庭背景。

⑪ **補習 n. bǔxí after-school class**

经验
例句 ▸▸ 臺灣大部分的學生都有補習的經驗。

⑫ **文化 n. wénhuà culture**

个国
例句 ▸▸ 每個國家都有不同的文化。

⑬ **忙碌 adj. mánglù occupied; busy**

碌
例句 ▸▸ 我每天都很忙碌。

⑭ **喘不過氣 v. chuǎnbúguòqì to be out of breath**

例句 ▸▸ 最近功課太多，令我喘不過氣。

⑮ **造成 v. zàochéng to cause**

时间车
例句 ▸▸ 下班時間車子特別多，常常造成塞車。

⑯ **下降 v. xiàjiàng to decline**

变 温
例句 ▸▸ 這星期天氣變冷，溫度會下降到十五度。

⑰ **解題技巧 n. jiětí jìqiǎo test-taking strategy**

帮
例句 ▸▸ 有人認為學習解題技巧可幫助考試得高分。

⑱ **亮眼 adj. liàngyǎn prominent; outstanding**

例句 ▸▸ 王小美今天的歌唱表現十分亮眼。

⑲ **獨立 adj. dúlì independent**

例句 ▶▶ 他十八歲(岁)就離(离)家，開始獨立生活。

⑳ **思考 n. sīkǎo thinking**

例句 ▶▶ 他的思考邏輯(逻辑)很好。

㉑ **隱憂 n. yǐnyōu potential problem**

例句 ▶▶ 學生過度使用電(电)子產品是現(现)代教育的隱憂。

㉒ **過猶不及 idiom guòyóubùjí**

It's not proper to have too much of a good thing.

例句 ▶▶ 做事適當(适当)最好，過猶不及都不好。

㉓ **唯有 adv. wéiyǒu only**

例句 ▶▶ 唯有常常開(开)口說中文，才能把中文學好。

㉔ **取 v. qǔ to adopt**

例句 ▶▶ 兩權(权)相害取其輕(轻)。

语
句型語法

1 N1 / N. phr. 1 + 比 + N2 / N. phr. 2 + V.

English: ~ than ~

练 习 说 进

例句：最近他常常練習說中文，希望今年他的中文能力比去年進步。

造句：＿＿＿＿＿＿＿＿＿＿＿＿＿＿＿＿＿＿＿＿＿＿＿＿＿＿＿＿＿。

2 為了 + V. phr.，Clause。

English: in order to ~

顺 毕 业 认 念 书

例句：為了明年可以順利從大學畢業，我會認真唸書。

造句：＿＿＿＿＿＿＿＿＿＿＿＿＿＿＿＿＿＿＿＿＿＿＿＿＿＿＿＿＿。

3 唯有 + V. phr. + 才是 + N. phr.。

English: only

迟 时 间 问 题 办

例句：他常遲到，唯有做好時間管理才是解決問題的辦法。

造句：＿＿＿＿＿＿＿＿＿＿＿＿＿＿＿＿＿＿＿＿＿＿＿＿＿＿＿＿＿。

（一）聽力理解

MP3-07

說明：請聽本課課文的 MP3 後，回答以下問題。

1 （A）開補習班容易賺錢。
（B）學生自己想要獲得好成績。
（C）父母怕孩子輸在起跑點上。

2 （A）行動力
（B）解題技巧
（C）獨立思考的能力

3 （A）孩子補習的科目
（B）孩子成績的高下
（C）父母對孩子的教育與期望

4 （A）中正之道
（B）中用之道
（C）中庸之道

（二）會話理解

說明：請把框框內的句子填入適當的會話中。

a. 可是卻會導致學生缺少訓練獨立思考能力和行動力。
b. 因為父母都希望子女比自己強，所以對小孩的期望也就較高。
c. 我同意！而且我覺得小孩的成長，還有比成績更重要的事。
d. 是啊！所以很多父母都會送孩子去上才藝班，培養多元的能力。

1 A：「望子成龍，望女成鳳」是每個爸媽的心願。

B：______________________________。

2 A：為了不讓孩子輸在起跑點上，多數的父母會投資大量的教育基金。

B：______________________________。

3 A：學生在補習班可以學到許多解題技巧，讓考試成績亮眼。

B：______________________________。

4 A：我覺得在兒女的教育上，過猶不及都會造成負面的影響。

B：______________________________。

（三）閱讀理解

一直以來，幾乎所有的華人父母都希望自己的小孩贏在起跑點上。可惜的是，有些父母在教育小孩的觀念和方式上還是有些不妥。例如，有的人對小孩的成績非常在意，從小就送他們去補習班補習；有的人則認為只要滿足小孩的物質享受，讓他們在經濟上無後顧之憂，就能專心於課業上。臺灣之前有個調查研究，比較家庭經濟狀況和父母對小孩的關心，哪一個對小孩在學校的表現影響大？結果發現，前者對小孩的影響比後者小，而且父母對小孩的關心程度和小孩未來的成就呈現正相關。

1 **請問「贏在起跑點」的意思，和下列何者相近？**

（A）凡事都要比別人強。

（B）做任何事，都要先偷跑才行。

（C）賽跑時，要站在起跑點的前面。

2 **下列何者描述正確？**

（A）家裡越有錢，小孩的成就就越好。

（B）在意小孩的成績，他們的課業才會好。

（C）父母對小孩的關心，會影響他們在學校的表現。

3 **本文主旨為何？**

（A）物質的享受

（B）父母的教育方式

（C）家庭經濟的影響力

（四）短文寫作

說明：請依以下提示，寫一篇約一百五十字的短文。

你認為中西方國家對教養子女的態度有什麼異同？請寫下你認為最好的教養方式為何？

題目：____________________

綜合練習解答｜第七課｜

（一）聽力理解

1. 文中指出導致臺灣出現特殊補習文化的原因是什麼？

2. 文中提到學生到補習班可以學習到什麼？

3. 文中的「過猶不及」指的是什麼事情？

4. 依文中所指，教育的王道是什麼？

答案：1.（C） 2.（B） 3.（C） 4.（C）

（二）會話理解

答案：1. b 2. d 3. a 4. c

（三）閱讀理解

答案：1.（A） 2.（C） 3.（B）

Lesson 8

養兒防老

課文

「積穀防饑①，養兒防老」是傳統的養老觀念。養育②子女是父母的責任，而[1]受到儒家③思想的影響，師長也會教授孝道的內涵④及觀念，讓孩子懂得反哺之義，跪乳之恩⑤。

隨著思想西風東漸⑥，臺灣的家庭經濟型態改變，以往仰賴⑦子女長大後「養兒防老」的觀念顯得與現代社會格格不入⑧，加上[2]生育率下降及平均壽命⑨延長⑩，少子化與高齡化⑪的現象改變了臺灣的人口結構。這種現象使得⑫未來的年輕人，平均每兩位就得撫養⑬四位長者和一位小孩，不僅造成年輕人的經濟負擔⑭及壓力，養老議題⑮也開始受到關注。

由於身邊沒有子女陪伴，有些人在中老年後一個人守著⑯房子，像這樣獨守空屋的老人族群，就被稱作「空巢族⑰」。他們雖然在經濟上不見得[3]會失去子女的資助⑱，在生活上及精神上卻缺乏照護⑲與慰藉⑳。因此，如何事先規劃㉑理財㉒及退休後的生活，才是現代「養兒、防老」的新思維㉓。

詞彙

❶ **積穀防饑** **idiom** **jīgǔfángjī** **to prepare beforehand; to prevent troubles before the event**

例句 ▸▸ 存錢是一種積穀防饑的觀念。

❷ **養育** **v.** **yǎngyù** **to nurture**

例句 ▸▸ 養育子女是件很辛苦的事。

❸ **儒家** **n.** **rújiā** **Confucian**

例句 ▸▸ 中國、韓國和日本都受到儒家思想的影響。

❹ **內涵** **n.** **nèihán** **connotation**

例句 ▸▸ 漢字的源流具有豐富的文化內涵。

❺ **反哺之義，跪乳之恩** **idiom** **fǎnbǔzhīyì, guìrǔzhīēn** **a sense of gratitude towards nurturance from parents**

例句 ▸▸ 為人子女就要懂得反哺之義，跪乳之恩。

❻ **西風東漸** **idiom** **xīfēngdōngjiān** **a phenomenon spreading from the West to the East**

例句 ▸▸ 在西風東漸的潮流中，年輕人的思想越來越開放。

❼ **仰賴** **v.** **yǎnglài** **to depend on (upon)**

例句 ▸▸ 現代人非常仰賴手機。

⑧ **格格不入 idiom gégébúrù not fit in**

这个 对显
例句 ▶▶ 他那一身打扮在這個派對顯得格格不入。

⑨ **壽命 n. shòumìng life span**

类 寿 长
例句 ▶▶ 人類的平均壽命越來越長。

⑩ **延長 v. yáncháng to prolong**

师 业
例句 ▶▶ 老師把交作業的期限延長了。

⑪ **高齡化 n. gāolíng huà aging**

例句 ▶▶ 臺灣是個高齡化的社會。

⑫ **使得 v. shǐde to cause**

例句 ▶▶ 這次肺炎的病毒使得大家很恐慌。

⑬ **撫養 v. fǔyǎng to raise**

简单
例句 ▶▶ 撫養孩子不是一件簡單的事。

⑭ **負擔 n. fùdān burden**

贷
例句 ▶▶ 房貸是很沉重的負擔。

⑮ **議題 n. yìtí issue**

议 备
例句 ▶▶ 兩性議題一直都備受關注。

⑯ **守著 v. shǒu zhe to keep watch**

着
例句 ▶▶ 父母不眠不休地守著生病的孩子。

⑰ **空巢族 n. kōngcháo zú elderly people who live alone**

词 于
例句 ▶▶ 空巢族一詞來自於日本。

⑱ **資助 n. zīzhù support; subsidy**

例句▸▸ 這次的計畫(计画)得到金主的資助。

⑲ **照護 n. zhàohù care-taking**

例句▸▸ 生病的人需要良好的照護。

⑳ **慰藉 n. wèijiè comfort**

例句▸▸ 宗教是容容很大的精神慰藉。

㉑ **規劃 v. guīhuà to plan**

例句▸▸ 這次的活動(动)全是經(经)理規劃的。

㉒ **理財 n. lǐcái financial management**

例句▸▸ 從(从)小就應該(应该)養成良好的理財習慣(习惯)。

㉓ **思維 n. sīwéi way of thinking**

例句▸▸ 廣(广)告業(业)需要創(创)新的思維。

语

句型語法

1 Clause，**而** + V. phr.。

English: Using " 而 " to emphasize related ideas

游 业 气 响 趋 恶

例句：旅遊業本來就不景氣，而受到流感疫情的影響更趨惡化。

造句：____。

2 Clause，**加上** + V. phr.，Clause。

English: along with ~

资 聪 颖 学 习 终 于 为

例句：她天資聰穎，加上努力學習，終於成為成功的企業家。

造句：____。

3 N. phr. + **不見得** + V.

English: not necessarily

劝 见

例句：青春期的孩子對於父母的勸告不見得能接受。

造句：____。

綜合練習

（一）聽力理解

MP3-08

說明：請聽本課課文的 MP3 後，回答以下問題。

1 （A）儒家思想

（B）劉家思想

（C）牛家思想

（D）何家思想

2 （A）少死化與高生率

（B）少子化與高子化

（C）少子化與高齡化

（D）小子化與高齡化

3 （A）五個人

（B）六個人

（C）七個人

（D）八個人

4 （A）老人族

（B）空巢族

（C）空槽族

（D）獨守族

5 （A）開始關注養老議題。

（B）讓孩子懂得反哺之義，跪乳之恩。

（C）教育孩子孝道的內涵及灌輸孝道的觀念。

（D）事先規劃理財，安排、計畫好退休後的生活。

（二）會話理解

說明：請把框框內的句子填入適當的會話中。

a. 當然記得啊！可是年紀漸大了，記憶變得不太好，一時想不起您的大名。
b. 不見得吧！不要太輕敵喔！
c. 因為她不僅說話有趣、幽默，對朋友也很大方、貼心。
d. 受到考試的影響，大家都趕著讀書，沒心情談開會的事。
e. 雖然這是個辛苦的工作，但是當病人的情形好轉時，所有辛苦都值得了。

1 A：我的對手太年輕，我看我是贏定了。

B：＿＿＿＿＿＿＿＿＿＿＿＿＿＿＿＿＿＿＿＿

2 A：護士其實是很辛苦的工作，你真的想當護士嗎？

B：＿＿＿＿＿＿＿＿＿＿＿＿＿＿＿＿＿＿＿＿

3 A：為什麼大家都這麼喜歡和美美做朋友？

B：＿＿＿＿＿＿＿＿＿＿＿＿＿＿＿＿＿＿＿＿

4 A：為什麼臨時取消今天的會議呢？

B：＿＿＿＿＿＿＿＿＿＿＿＿＿＿＿＿＿＿＿＿＿＿＿＿＿＿＿＿＿＿

5 A：好久不見，你還記得我嗎？

B：＿＿＿＿＿＿＿＿＿＿＿＿＿＿＿＿＿＿＿＿＿＿＿＿＿＿＿＿＿＿

（三）閱讀理解

說明：請閱讀以下短文，並回答問題。

養兒防老是中國傳統的家庭觀念，但是隨著少子化和高齡化，臺灣的現代家庭結構已經變得和以往不同，而受到家庭結構改變的影響，中國傳統的家庭觀念也受到挑戰。養兒防老的思維不再是被動地等待子孫的照顧與資助，而是主動的事先安排、規劃退休生活，不僅不增加兒女的經濟壓力，也能利用退休生活培養自己的興趣或是完成自己的夢想。

1 **你認為文中「挑戰」的意思可用哪個詞彙替代？**

（A）讚美
（B）責備
（C）質疑
（D）懲罰

2 **中國傳統家庭觀念是受到什麼影響而變得不一樣？**

（A）傳統經濟觀念

（B）現代家庭結構

（C）現代教育環境

（D）傳統社會制度

3 **下列何者不是作者建議的養兒防老之作法？**

（A）做好節育措施。

（B）事先安排退休生活。

（C）利用退休生活發展自己的興趣。

（D）退休後利用時間完成自己的夢想。

（四）短文寫作

說明：請依以下提示，寫一篇約一百五十字的短文。

請針對「少子化與高齡化的現象」，分析其原因、現況、帶來哪些問題與提出解決辦法。請在第一段寫原因，第二段寫現況，第三段寫帶來的問題，第四段寫解決辦法。

題目：＿＿＿＿＿＿＿＿＿＿＿＿＿＿＿＿＿＿＿＿

綜合練習解答｜第八課｜

（一）聽力理解

1. 受到什麼思想的影響，師長會教育孩子孝道的觀念？

2. 什麼現象改變了臺灣的人口結構？

3. 未來平均每兩位年輕人要撫養多少人？

4. 獨守空屋的老人族群又稱為什麼？

5. 什麼是現代養兒防老的新思維？

答案：1.（A）　2.（C）　3.（A）　4.（B）　5.（D）

（二）會話理解

答案：1. b　2. e　3. c　4. d　5. a

（三）閱讀理解

答案：1.（C）　2.（B）　3.（A）

memo

Lesson 9

都市與鄉村的生活

課文

和其他國家一樣，臺灣人也會因住在鄉村和都市而有截然不同①的生活作息②。鄉村的生活簡單純樸③，「日出而作，日落而息④」是最佳的寫照⑤。所以，比起[1]都市生活，住在鄉村的人們更[1]顯得⑥悠閒自在⑦，與世無爭⑧。

相對地，都市的生活步調⑨就快了許多。一早，有的人忙著趕去上班，有的人則到傳統市場買菜。傍晚五、六點一到，路上便擠滿了歸心似箭⑩的人們。晚上，有些人偶爾⑪會去酒吧跳跳舞[2]，或是去KTV唱唱歌[2]，放鬆⑫一下心情。到了半夜，肚子餓了，還可以到二十四小時或深夜營業⑬的店家覓食⑭，相當方便。

然而，無論住在鄉村或都市，對於休閒活動⑮和生活品質⑯這兩件事情，大多數的臺灣人都非常重視。有些人會想要悠閒地度過⑰週休二日，像是到外地輕旅行、品嚐⑱美食來犒賞⑲自己一週的辛勞⑳；有些人則只想待在家裡好好休息、補眠㉑，把平時消耗殆盡㉒的體力、精神補回來。由此可見，[3]不管從事哪種休閒活動，或住在哪裡，只要適合自己就是最好的選擇。

詞彙

❶ **截然不同 idiom jiéránbùtóng being entirely different**

例句▸▸ 雖然他們是雙胞胎，但個性卻截然不同。

❷ **生活作息 n. shēnghuó zuòxí (daily) routine**

例句▸▸ 維持良好的生活作息，才能讓身體健康。

❸ **純樸 adj. chúnpú simple**

例句▸▸ 一般來說，鄉村的生活比較純樸。

❹ **日出而作，日落而息 idiom rìchūérzuò, rìluòérxí working at sunrise and resting at sunset**

例句▸▸ 我已經習慣「日出而作，日落而息」的生活方式了。

❺ **寫照 n. xiězhào description**

例句▸▸ 這部電影是根據作者的真實生活寫照改編的。

❻ **顯得 v. xiǎnde to seem; to appear**

例句▸▸ 因為是第一次上台報告，他顯得特別緊張。

❼ **悠閒自在 idiom yōuxián zìzài carefree**

例句▸▸ 大部分的人都嚮往悠閒自在的生活。

❽ **與世無爭 idiom yǔshìwúzhēng to stay away from worldly affairs**

例句▸▸ 他打算退休後，要過著與世無爭的生活。

⑨ **步調 n. bùdiào pace**

例句 ▸▸ 大都市的生活步調都很快。

⑩ **歸心似箭 idiom guīxīnsìjiàn eager to go home**

例句 ▸▸ 快放寒假了，同學們(学们)都歸心似箭。

⑪ **偶爾 adv. ǒuěr occasionally**

例句 ▸▸ 研究顯(显)示，偶爾喝杯紅酒，有益健康。

⑫ **放鬆 v. fàngsōng to relax**

例句 ▸▸ 累死我了！我得好好放鬆一下。

⑬ **營業 v. yíngyè (business) to be opened**

例句 ▸▸ 百貨(货)公司早上十一點才開(开)始營業。

⑭ **覓食 v. mìshí to find something to eat**

例句 ▸▸ 我常常去便利商店覓食。

⑮ **休閒活動 n. xiūxián huódòng recreational activity**

例句 ▸▸ 游泳是我最喜歡(欢)的休閒活動。

⑯ **生活品質 n. shēnghuó pǐnzhí quality of life**

例句 ▸▸ 現代人越來越重視生活品質。

⑰ **度過 v. dùguò to spend time**

例句 ▸▸ 他們倆一起度過了愉快的週末。

⑱ **品嚐 v. pǐncháng to taste**

例句 ▸▸ 波妞喜歡到各地品嚐美食。

⑲ **犒賞 v. kàoshǎng to reward**

例句 ▶▶ 我買了一個名牌包來犒賞自己。

⑳ **辛勞 n. xīnláo hard work**

例句 ▶▶ 我能理解你的辛勞。

㉑ **補眠 v. bǔmián to catch up on sleep**

例句 ▶▶ 昨晚熬夜唸書(书)，等等來補眠吧！

㉒ **消耗殆盡 idiom xiāohàodàijìn to exhaust; burn out**

例句 ▶▶ 運動(运动)過後要補充水分及蛋白質，來補充消耗殆盡的體力。

句型語法

(语)

1 比起 + S1，S2 + 更 + V. phr.。

English: Compared with ~, ~ is / does more ~.

例句：比起以前的人，現代人更注重生活品質。

造句：______________________________

2 V-V-O（疊字）

English: The pattern "V-V-O" is used to describe an activity done for "a little bit of time" or "briefly" with a light tone.

例句：我平常的興(兴)趣就是唱唱歌。

造句：______________________________

3 由此可見，Clause。

English: thus, one can tell ~

例句：大家都在打呵欠了，由此可見，大家都累了。

造句：______________________________

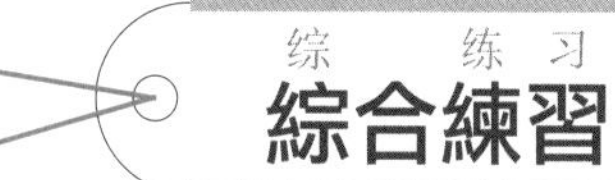

綜合練習

（一）聽力理解

MP3-09

說明：請聽本課課文的 MP3 後，回答以下問題。

1 （A）鄉村和都市

（B）國內與國外

（C）白晝和夜晚

（D）上班族和家庭主婦

2 （A）閒散安逸

（B）與世無爭

（C）步調很快

（D）日出而作，日落而息

3 （A）上班族趕著上班

（B）有人到店家吃宵夜

（C）去菜市場買菜的人

（D）許多交通意外發生

4 （A）在家裡睡覺補眠

（B）短程短時的輕旅行

（C）送小孩去補習班補習

（D）和朋友聚餐，品嚐美食

5 （A）輕旅行

（B）早午餐店

（C）傳統市場

（D）二十四小時商店

（二）會話理解

說明：請把框框內的句子填入適當的會話中。

a. 不，她也是上班族。
b. 沒關係，我們去吃早午餐，早餐、午餐一起解決。
c. 對啊！所以現代人常常得到文明病，這和生活作息很有關係。
d. 利用週休二日好好休息補眠吧！
e. 我也喜歡那種悠閒自在、與世無爭的感覺。

1 A：天天都過著朝九晚五的生活，還得常常加班，好累阿！

B：______________________________

2 A：現代人生活忙碌，不像以前的人都是日出而作，日落而息。

B：______________________________

3 A：哎呀！我睡到 11 點才起床。

B：______________________________

4 A：我很喜歡鄉村的生活和步調。

B：______________________________

5. A：你上班的時候，你太太去買菜嗎？

B：______________________________

（三）閱讀理解

說明：請閱讀以下短文及資訊，並回答問題。

臺灣人最喜歡的休閒活動是什麼呢？根據萬事達卡（Mastercard）國際組織在2011年的調查顯示，臺灣民眾最喜歡從事的休閒活動，排名第一的是吃美食（64%），其次是上網（57%）、逛街購物（54%）。從這裡就可以發現臺灣人對「吃」的重視程度。「上網」有一部分是隨意地看看網頁，有一部分則是使用社群網站，像是臉書、部落格等，這部分常常與「旅遊」有關，例如：把自己出去玩的照片分享至臉書上，等著人來按讚；而「吃美食」也常常是旅遊時不可錯過的重要行程，到了某個地區，品嚐當地特色美食、購買當地有名的伴手禮。由此可知，旅遊也是臺灣人主要的休閒活動之一。

臺灣旅遊的發展，與週休二日及國定假日有關。這或許與日治時期，臺灣人對時間觀念的改變有關。在那之前，清領時期的臺灣社會採行農曆，以初一、十五區分一個月，並以一旬十天為單位；到了日治時期，引進星期制：一週七天，星期日為例假日，每年另有其他的國定假日。之後隨著時代的演變，週休一日變成週休二日，國定假日也漸漸增加。若不幸地國定假日遇到週末六日，也不用擔心，一般都會補假，不怕沒放到假。但必須注意，一遇連假，著名景點人潮一多就容易塞車，也有可能找不到停車位，所以若要趁著假日出遊，還是提早規劃準備吧！

以下為2015年臺灣的國定假日：

日期（國曆）	假日
01月01日（四）	元旦
02月18日（三）～02月23日（一） *02月21日（六）→ 02月23日（一）補假	農曆除夕、 春節（三節之一）
02月28日（六）→ 02月27日（五）補假	和平紀念日
04月04日（六）→ 04月03日（五）補假	兒童節
04月05日（日）→ 04月06日（一）補假	清明掃墓節
06月20日（六）→ 06月19日（五）補假	端午節（三節之一）
09月27日（日）→ 09月28日（一）補假	中秋節（三節之一）
10月10日（六）→ 10月09日（五）補假	雙十節

1 **根據文中的內容，臺灣人最愛的休閒活動，排名第一為吃美食。下列何者說明*不正確*？**

（A）顯示臺灣人對吃的重視。

（B）「美」食的美，意思為「美味」。

（C）臺灣人喜歡吃，只是為了填飽肚子。

（D）旅遊時常常伴隨著吃吃喝喝，品嚐特色小吃。

2 **文中為何說明「上網」常常與旅遊有關？**

（A）臉書推薦許多旅遊景點。

（B）隨意逛逛網頁，也是一種旅遊。

（C）許多人透過網路查詢旅遊資訊。

（D）可以把自己旅遊的照片分享至網路上。

3 **文中第二段第三行的「星期制」所指為何？**

（A）週休一日。

（B）以星星來計算日期。

（C）一星期有兩天的假期。

（D）一週有七天，為計算日期的單位。

4 **臺灣人愛旅遊，根據本篇文章，何者說明*不正確*？**

（A）「社群網站」對旅遊的盛行也有影響。

（B）從日治時期就有週休二日，因此臺灣人於假日旅遊的風氣很早就開始了。

（C）臺灣人對旅遊的重視，也常常導致著名景點在假日時湧（涌）進人潮，容易塞車。

（D）清領時期還未有星期制的概念及國定假日，因此旅遊業並不像現在那麼發達（达）。

5 **關於 2015 年臺灣國定假日表，下列何者正確？**

（A）補假日期都落在星期一。

（B）臺灣的三大節日為國曆新年、端午和中秋。

（C）端午節、中秋節和雙十節，補假日期都在星期五。

（D）除了元旦外，其他假日都剛好遇到週末，故皆補假。

（四）短文寫作

說明：請依以下提示，寫一篇約一百五十至兩百字左右的短文。

閱讀完本課課文後，試比較臺灣人的生活作息與你的國家有何異同？請在第一段寫你國家人民的生活作息，第二段寫你觀察到的臺灣人生活作息，第三段寫你比較喜歡哪一種？並說明原因。

題目：________________________________

綜合練習解答｜第九課｜

（一）聽力理解

1. 本文主要在討論臺灣哪兩種截然不同的日常生活？

2. 朝九晚五的生活和哪一句話最相近？

3. 在臺灣的都市，深夜時你會看到怎麼樣的情形？

4. 根據本文，臺灣人較不可能選擇什麼休閒方式度過週休二日？

5. 根據本文，什麼不是為了滿足現代人的生活型態而出現的？

答案：1.（A） 2.（D） 3.（B） 4.（C） 5.（C）

（二）會話理解

答案：1. d 2. c 3. b 4. e 5. a

（三）閱讀理解

答案：1.（C） 2.（D） 3.（D） 4.（B） 5.（D）

Lesson 10

樂活[1]養生[2]觀

課文

臺灣人的養生方法很多種，像是太極拳③、食療④、泡溫泉和按摩⑤等，這些祖先流傳下來的養生之道[1]，其實與西方人所提倡⑥的樂活觀念皆[2]有異曲同工之妙⑦，都與身體健康息息相關⑧。

臺灣人相信身體內的「氣⑨」如果順暢⑩，身體就會健康起來，而太極拳就是一種讓「氣」能夠規律循環的養生方式。冬天的時候，為了讓身體氣血活絡⑪，促進⑫血液循環⑬，吃薑母鴨、羊肉爐、燒酒雞或麻油雞，都是常見的食療方式。受到日本溫泉文化的影響，加上泡溫泉能讓人的心情愉悅，有紓壓⑭放鬆、活化⑮肌膚⑯的新陳代謝⑰等功效⑱，所以臺灣人也非常喜歡在冬天泡溫泉。除此之外，按摩也是另一種特別的養生方式。從古至今，華人研究穴道已經有六百多年的歷史了，按摩不僅能活絡筋骨⑲，還可以消除疲勞。由於現代人的生活緊張，工作壓力大，所以臺灣的按摩店、養生館也如雨後春筍⑳般地[3]到處可見。

談到[4]樂活養生，其實除了適度的運動休閒、適量的飲食之外，更重要的是個人壓力及心情的調適，懂得疏通㉑壓力和正向思考㉒的人，才能維持健康的身心。

词汇
詞彙

❶ **樂活** n. lèhuó LOHAS

例句 ▸▸ 現在標榜樂活養生的活動越來越多了。

❷ **養生** n. yǎngshēng life nurturing

例句 ▸▸ 現代人很注重養生。

❸ **太極拳** n. tàijí quán Taiji (Tai Chi)

例句 ▸▸ 你曾經學習過太極拳嗎？

❹ **食療** n. shíliáo dietary therapy

例句 ▸▸ 食療是一種中醫的醫學概念。

❺ **按摩** n. ànmó massage

例句 ▸▸ 按摩可以讓身體放鬆，你應該試試看！

❻ **提倡** v. tíchàng to advocate

例句 ▸▸ 政府大力提倡環保的觀念。

❼ **異曲同工之妙** idiom yìqǔtónggōngzhīmiào different approaches that come to the same conclusion

例句 ▸▸ 這座新建築，與舊式的宮殿有異曲同工之妙。

❽ **息息相關** idiom xíxíxiāngguān be closely bound up

例句 ▸▸ 生活作息與健康息息相關。

⑨ **氣** n. qì qi (energy)

例句 ▸▸ 氣虛的人容易生病。

⑩ **順暢** adj. shùnchàng
to go smoothly; smooth and unhindered; fluent

例句 ▸▸ 這條(条)路的開(开)通讓交通順暢許(许)多。

⑪ **活絡** v. huóluò to energize

例句 ▸▸ 跟我一起做運動，活絡一下筋骨吧！

⑫ **促進** v. cùjìn to promote

例句 ▸▸ 多吃蔬菜可以促進身體健康。

⑬ **血液循環** n. xiěyè xúnhuán blood circulation

例句 ▸▸ 你的血液循環好像不太好。

⑭ **紓壓** v. shūyā to relieve stress

例句 ▸▸ 聽(听)輕(轻)音樂可以紓壓。

⑮ **活化** v. huóhuà to vitalize

例句 ▸▸ 泡溫泉可以活化肌膚。

⑯ **肌膚** n. jīfū skin

例句 ▸▸ 他的肌膚像嬰兒(儿)一樣滑嫩。

⑰ **新陳代謝** n. xīnchéndàixiè metabolism

例句 ▸▸ 新陳代謝如果不好，就容易發(发)胖。

⑱ **功效** n. gōngxiào effect

例句 ▸▸ 柑橘有預(预)防高血壓的功效。

⑲ **筋骨 n. jīngǔ tendon and bone**

例句 ▸▸ 喝黑豆水可以消水腫，改善筋骨痠痛。

⑳ **雨後春筍 idiom yǔhòuchūnsǔn spring up like mushrooms**

例句 ▸▸ 下過雨後，草類（类）像雨後春筍般露出頭（头）來。

㉑ **疏通 v. shūtōng to unclog**

例句 ▸▸ 多吃些水果可以疏通我們的血管。

㉒ **正向思考 v. zhèngxiàng sīkǎo positive thinking**

例句 ▸▸ 人要正向思考，才會快樂。

句型語法

1 N. phr. + **之道**

English: the way of ~

例句：你懂華人的待客之道嗎？

造句：

2 **皆** + V. / V. phr.

English: " 皆 " is the written / formal form of " 都 ".

例句：太陽餅是眾所皆知的臺中名產。

造句：

3 N. / N. phr. + **如雨後春筍般地** + V. / V. phr.。

English: spring up

例句：近年來，珍珠奶茶店在海外如雨後春筍般地出現。

造句：

4 **談到** + N. phr.，Clause。

English: Speaking of ~

例句：談到世界首富，大家都會想到比爾蓋茲。

造句：

（一）聽力理解

MP3-10

說明：請聽本課課文的 MP3 後，回答以下問題。

1 （A）氣血
（B）喝水
（C）吃飯
（D）唱歌

2 （A）日本
（B）韓國
（C）中國
（D）美國

3 （A）穴道按摩，能活絡筋骨、促進氣血循環，還能消除疲勞。
（B）冬天為了讓身體氣血活絡，促進血液循環，吃薑母鴨、羊肉爐等。
（C）以上皆是。
（D）以上皆非。

4 （A）生命不長，盡情大吃大喝。
（B）辛勤工作才是人生最重要的一件事。
（C）適度的運動休閒及適量的飲食，保持身心健康。
（D）把所有時間放在工作上，賺錢玩樂，享受生命。

（二）會話理解

1. 請在空格中填入適當的詞彙。

功效　異曲同工之妙　受到……影響　順暢　常見的……方式　皆

A：聽說你昨天去做穴道按摩了？

B：是啊，現在我覺得全身的氣都很 1 ＿＿＿＿＿＿。

A：穴道按摩跟印度的瑜珈是不是有 2 ＿＿＿＿＿＿ 呢？

B：沒錯！這兩種 3 ＿＿＿＿＿＿ 有活絡筋骨、讓身體放鬆的 4 ＿＿＿＿＿＿。

A：5 ＿＿＿＿＿＿ 臺灣人的 5 ＿＿＿＿＿＿，我也開始愛上臺灣的「樂活」了。

B：那你下次要跟我一起去學太極拳嗎？這也是一種臺灣 6 ＿＿＿＿＿＿ 養生 6 ＿＿＿＿＿＿。

A：好啊，我很開心可以接觸更多讓身心放鬆的養生方式！

2. 請利用「息息相關、促進、提倡」這些詞彙編出一段對話。

（三）閱讀理解

隨著現代人對健康、養生的重視，「樂活」便成為人們享受生活的一種方式。「樂活」的英文是LOHAS，是「Lifestyles Of Health And Sustainability」頭一個字母的縮寫，意思是健康永續的生活方式，日本人則稱這樣的生活方式為「ロハス」（Rohasu）。

樂活的概念最早起源於1990年代後期，是在美國中西部科羅拉多州興起的一個新的商業概念。人們因意識到全球環境污染問題對生活造成危害，而創新研發以環保為特色的產品，像是綠色建材、節能用品、天然有機食物等，強調人們所用的一切都必須有益於人的身心健康，也得保護地球環境、維護生態平衡，才能讓人所居住的環境永續發展，開創更美好的未來。

漸漸地，這樣的樂活方式在全世界不僅興起了一股風潮，也融入了觀光旅遊中。當然！臺灣也不例外。當你有機會來臺灣旅行時，你可以來一趟健康養生的按摩之旅，或是親近大自然的生態之旅，那就表示你已經開始體驗臺灣風味的樂活之旅了。

1 **樂活的概念最早源自何時？**

（A）十九世紀末

（B）二十世紀初

（C）二十世紀末

2 **下列有關樂活的描述，何者*不正確*？**

（A）強調環保的重要性

（B）是重視身心健康的一種生活方式

（C）是一種「只要我喜歡，有什麼不可以」的生活方式

3 **下列何者適合作為本篇文章的主題？**

（A）經濟與環保

（B）獨特的臺灣之旅

（C）一種新的生活型態

（四）短文寫作

說明：請依以下提示，寫一篇約一百五十至兩百字左右的短文。

本課課文中提到許多臺灣的養生方式，在你的國家有哪些養生方式呢？請寫下你的經驗和想法。

題目：＿＿＿＿＿＿＿＿＿＿＿＿＿＿＿＿＿＿＿＿

綜合練習解答｜第十課｜

（一）聽力理解

1. 臺灣人相信什麼如果順暢，身體就會健康？

2. 臺灣人喜歡在冬天泡溫泉是受到哪個國家的影響？

3. 下列哪一項是常見的臺灣養生方式？

4. 下列哪一項是正確的樂活養生觀？

答案： 1.（A） 2.（A） 3.（C） 4.（C）

（二）會話理解

答案： 1. 順暢 2. 異曲同工之妙 3. 皆 4. 功效

5. 受到……影響 6. 常見的……方式

（三）閱讀理解

答案： 1.（C） 2.（C） 3.（C）

特別感謝

參與編撰

謝岱君

國立臺中教育大學語文教育學系華語文教學碩士

黃麗中

國立臺中教育大學語文教育學系華語文教學碩士

曾凱琳

國立臺中教育大學語文教育學系華語文教學碩士生

王詩涵

國立臺中教育大學語文教育學系華語文教學碩士

何秀瓔

國立臺中教育大學語文教育學系博士生

郭秦榕

國立臺中教育大學語文教育學系華語文教學碩士

李欣儒

國立臺中教育大學語文教育學系華語文教學碩士

郭嘉琦

武漢華中師範大學教育學院小學教育專業碩士

國家圖書館出版品預行編目資料

閱讀臺灣，學華語 / 蔡喬育等合著 .
-- 初版 -- 臺北市：瑞蘭國際 , 2020.08
152 面；19 × 26 公分 –（語文館；02）
ISBN：978-957-9138-93-2（平裝）

1. 漢語 2. 讀本

802.86 109011125

語文館 02

閱讀臺灣，學華語

作者｜蔡喬育、戴宣毓、游東道、張端容、林晏宇、朱曉薇、藍夏萍
責任編輯｜鄧元婷、王愿琦
校對｜蔡喬育、戴宣毓、游東道、張端容、林晏宇、朱曉薇、藍夏萍、鄧元婷、王愿琦

華語錄音｜施枝芳
錄音室｜采漾錄音製作有限公司
封面設計｜劉麗雪
版型設計、內文排版｜陳如琪

瑞蘭國際出版

董事長｜張暖彗 · 社長兼總編輯｜王愿琦
編輯部
副總編輯｜葉仲芸 · 副主編｜潘治婷 · 文字編輯｜鄧元婷
美術編輯｜陳如琪
業務部
副理｜楊米琪 · 組長｜林湲洵 · 專員｜張毓庭

出版社｜瑞蘭國際有限公司 · 地址｜台北市大安區安和路一段 104 號 7 樓之一
電話｜ (02)2700-4625 · 傳真｜ (02)2700-4622 · 訂購專線｜ (02)2700-4625
劃撥帳號｜ 19914152 瑞蘭國際有限公司
瑞蘭國際網路書城｜ www.genki-japan.com.tw

法律顧問｜海灣國際法律事務所　呂錦峯律師

總經銷｜聯合發行股份有限公司 · 電話｜ (02)2917-8022、2917-8042
傳真｜ (02)2915-6275、2915-7212 · 印刷｜科億印刷股份有限公司
出版日期｜ 2020 年 08 月初版 1 刷 · 定價｜ 400 元 · ISBN ｜ 978-957-9138-93-2